Guck mal, ob keiner guckt

Kolumnentexte mitten aus dem Leben

2020 - 2021

Produktion Karin Brose, Hamburg 2021

Fotografien Karin Brose
Herstellung und Verlag: BoD – Books on Demand,
Norderstedt
ISBN 9783755737094

Inhalt

Beim Spielen geht's um mehr!
Bist du das, Herta?
Ein Freund ist für dich da
Älter werden, das ist lustig, Älterwerden, das...
Oberflächlich
Tollfinder – Find' ich mega!
Kleine Veränderung
Wir hätten gern mehr Zeit
Gender und Mohrenkopf
Sprichwörter sind Lebensweisheit
Verbindliche Elternschule
Pack ein
Guck mal, ob keiner guckt
Frau hat es schwer
Nur eine Bombe
Gelernt ist gelernt!
Einmal Lehrer, immer Lehrer
Immer schön fröhlich bleiben!
Alltagsgenörgel nur ein Fliegenschiss
Ein schwarzer Vogel
An die Freundin
Wenn du es willst!
„Scheiße, geht nicht das System", ...
Schau zuerst unter dem Bett nach!
Der Fernseher geht nicht an.
Öffentlicher Nahverkehr,...
Perlen vor...
Sehnsucht nach der heilen Welt
Geschenktem Gaul guckt man
Lemminge!
Ich seh' den Himmel
Hab ich Geld, bin ich Star!
Es grünt so grün
Es gibt Dinge, die wir nicht verstehen müssen

Gern Partner-Vermittlung, aber bitte nicht so!
..als wäre ich 105 Jahre alt!
Bewegung bitte!
Kann das weg?
Männer ticken anders
Pumps und Blumenkübel
Endlich eine neue Küche!
War das alles?
Ein Mann muss tun, was ein Mann tun muss
Gewohnheit oder schlechte Angewohnheit?
Ich bin eine von den Guten

So ist das Leben

oder auch nicht.

Es kann soviel Schönes geben

aus jeder Sicht.

Mancher würd' gern tauschen,

sucht an anderem Platz sein Glück.

Doch bei genauerem Lauschen

Sehnt er sich zurück.

Jeder trägt sein Schicksal

Niemand ist ohne Last

Auch wenn es nicht deine erste Wahl,

in deinem Leben bist du nur Gast.

Dieses Buch widme ich H.F., ohne den es so manche Geschichte gar nicht gäbe.

Wie Affen im Kopf

Guten Morgen! Hast du gut geschlafen? – Ach, ich hatte eine unruhige und kurze Nacht. Nachdem ich aufs Klo musste, konnte ich nicht wieder einschlafen. Üble Gedanken machten sich selbstständig. – Du kennst das? – Sie schnattern wie Affen in deinem Kopf und lassen sich durch nichts vertreiben. Du stehst auf, trinkst ein Glas Wasser, legst dich wieder hin. Kaum schließt du die Augen, sind sie wieder da. Nahtlos geht der Terror weiter! Ja, wirklich, sie sind wie Terroristen. Schleichen sich unbemerkt heran und schlagen aus dem Hinterhalt zu. Sie bedienen sich deiner Ängste, wählen aus deinem Seelen-Katalog genau das Thema, das dich gerade am meisten beunruhigt. Klebrig wie Kaugummi hängen sie dir Sorgen an. Ein Gedanke zieht den nächsten nach sich. Es nützt auch wenig, wenn du dir dessen bewusst bist und denkst „ich hak es einfach ab!" Denn gerade das gelingt oft nicht. Die Terroristen weben ihre Ränke unheimlich geschickt. Und sie haben Erfolg. Schließlich schläfst du doch noch ein, aber mit dem Wecker erwachst du wie gerädert und kannst den Tag gleich vergessen. Der steht nämlich vom Aufstehen an unter dem Motto „etwas könnte passieren". Eigentlich bist du Realist und diese ungelegten Eier sind nicht deine. Jedoch – das Unterbewusstsein ist voller Überraschungen. Wäre es nicht schön, man könnte es steuern? Wäre es nicht prima, man hätte Einfluss auf den Verlauf der Ereignisse? – Hat man aber nicht. Also wartest du auf die nächste Nacht und hoffst, dass die Affen dieses Mal schlafen mögen. Zur Zeit brauchen manche nicht einmal die Augen zu schließen, um ihren Sorgen zu erliegen. Viele zweifeln an den Verschwörungstheorien, die in Internet und Presse herumgeistern, denn ihre Zahl nimmt erschreckend zu. Viele schlafen schlecht, denn niemand weiß, was die Zukunft bringen wird. Wir sollten uns ganz schnell auf Werte besinnen, die uns Halt geben und für alle gelten. Wenigstens darauf könnte man sich verlassen und den Terroristen der Nacht die Stirn bieten. Und wenn du die kommende Nacht aufstehst, weil deine Blase es so will, dann tust du so, als wäre das ganz ok und lässt die Gedankenaffen ins Leere laufen, nach dem Motto „Euch kenne ich, aber heute nicht mit mir!" – Denn alles kommt so, wie es kommen soll. Und du glaubst daran, dass es gut wird – ohne Affen.

Trau keiner Plastiktüte!

„Schatz, es geht nun wirklich nicht mehr!" – „Ich
komme nicht an die Raststätte heran, Liebes.
Schau dir all die LKWs an! In Viererreihen ist alles
dicht. Dieser Stau ist eine Katastrophe." „Aber ich
halte jetzt schon zwei Stunden aus und habe
inzwischen Bauchschmerzen. Was soll ich bloß
tun?" „Du musst eben durchhalten, bis der Stau
sich aufgelöst hat." „Es geht nicht mehr! Ich
nehme jetzt eine Plastiktüte. Die habe ich
bestimmt noch im Handschuhfach." „Du wirst
doch nicht..!" Aber sie hat die Tüte schon
auseinander gefaltet. Gerade befreit sie sich
mühsam zwischen Armaturenbrett und Vordersitz
von ihrer Wäsche. Er schaut nicht hin. Das grenzt
an Akrobatik! Es dauert, es dauert, bis sie
aufatmet und sich wieder auf den Sitz fallen lässt.
„Geschafft! – Ich entsorge das gleich, wenn wir
halten", beruhigt sie ihn. Einige Stunden später
rollen sie zu Hause auf den Hof. Vorsichtig hebt
sie die Tüte aus dem Fußraum. Bloß nicht
auslaufen lassen! denkt sie. Bis sie entsetzt

feststellt, dass das Ding entschieden zu leicht ist. Da ist ein Loch im Boden! „Die Fußmatten mussten sowieso mal gereinigt werden, Schatz!" – Kurze Zeit später erfährt er am eigenen Leib, welche Not einen überfallen kann, der dringend pinkeln muss. Kurz vor ihrem Heimatort geraten sie in einen Stau. Sie hätten nur noch drei Kilometer Luftlinie, aber die Autoschlange ist seit zwanzig Minuten eingeschlafen. „Liebes, setz dich bitte ans Steuer", ordnet er an, „ich hole dich wieder ein." Sprach's, verlässt das Fahrzeug und steigt über die Leitplanke zu zwei anderen Fahrern, die dort bereits ihre Notdurft verrichten, sehr zur Freude anderer Stauteilnehmer. „Männer haben es eben leichter," seufzte seine Frau.

– Es gibt im Handel Flaschen, sogar mit Ladies' Adapter. Vielleicht sollten die zur Grundausstattung jeden Autos gehören. Die heutige Verkehrslage sorgt ja täglich für Überraschungen. Ich fürchte, der Autobahnstau bleibt sonst ein Problem. - Auf dem Weg durch die Shopping Meile hat Frau inzwischen verschiedene Stützpunkte. Sie weiß genau, in welcher Abteilung des Kaufhauses, in welchem Eiscafé oder welchem U-Bahn Niedergang sich das nächst gelegene Klo befindet. Hilfreich wäre natürlich, wenn die WCs auch auf google-maps verzeichnet wären..– schon allein, weil die Plastiktüte ja noch aus ganz anderen Gründen ein Auslaufmodell ist!

Mit Pfunden wuchern

Schatz, darf ich dir noch Kartoffeln auffüllen? – Auf keinen Fall! Ich muss dringend abnehmen! All diese Feiertage sind meiner Figur nicht bekommen. – Ach, Schatz, ich liebe jedes Kilo an dir. – Machst du Witze? – Und wie willst du das, was deiner Meinung nach zu viel an dir ist, loswerden? – Ich esse lowcarb und außerdem 8/16. – Was ist denn das schon wieder? Ich kenne 08/15, aber 8/16? Und was ist lowcarb? – Das ist Essen mit wenig Kohlehydraten und gar nicht 08/15. 8/16 bedeutet, dass ich nur 8 Stunden am Tag esse, danach 16 Stunden nicht. – Ach, das fällt dir sicher ganz leicht! höhnt er und grinst. Er kennt ja ihre Gewohnheiten. Sie hält gerade noch die Tagesschau aus. Kaum hat der Spielfilm begonnen, schleicht sie in die Küche. Der Teller, mit dem sie zurückkommt, ist voll leckerer Käsewürfel und Weintrauben. – Nur für den Fall, dass du Lust darauf hast, mein Lieber. – Klar. – Als er das erste Mal zugreift, sind gerade noch zwei Trauben und ein Stück

Käse da. Ertappt bewegt sie sich erneut in die Küche. Das Schälchen mit Schokis stellt sie neben die Chips. Er mag es nicht so süß. Bevor der Film zu Ende ist, vernichtet sie noch genüsslich mehrere Scheiben Parmaschinken. – Ach, ein Glas Bier wird doch erlaubt sein? – Soviel zu 8/16 und lowcarb. Diese abendlichen Exkursionen zum Kühlschrank werden auf Dauer recht kostspielig. Wenn Pfund um Pfund sich auf die Hüften schwingt, braucht sie neue Hosen, denn Größe 34 ist nur endlich dehnbar – auch bei 4% Elastan. Als sie noch berufstätig war, gab es kein Gewichtsproblem. Klar, da war sie auch jünger und der Stoffwechsel funktionierte anders. Jetzt, im Ruhestand ist aber nicht nur der verminderte Stoffwechsel schuld, sondern vielmehr die Ruhe selbst. Bewegung ist das Zauberwort! – Was hältst du davon, wenn wir beide jeden Morgen, bevor du wieder essen darfst, einmal um den Teich walken? – Vor dem Frühstück? – Klar. Danach duschen und dann haben wir uns ein gemütliches Frühstück verdient. Wir können auch nachmittags auf den Stepper steigen und die kleinen Einkäufe zu Fuß oder mit dem Rad erledigen. Und die TV_Nascherei kriegen wir auch noch in den Griff. Wirst sehen, bald passt die Jeans wieder, auch wenn du ganz normal isst.– Ach, du bist ein Schatz! – Weiß ich, Liebste, obwohl mich die paar Pfunde mehr an dir wirklich nicht stören. – Von dir kann ich nie genug kriegen.

Ein Huhn kann es besser...

Kind, du weißt doch, dass man Nomen groß schreibt! Nun schmier' doch nicht so! Da steht, was du tun sollst, kannst du lesen? – Bekannt? – Nur drei der zahlreichen Probleme, die Eltern heute kennen. Sinnentnehmendes Lesen fällt manchem Kind schwer. Leider ist es die Grundlage für jegliche Aufgabenstellung. Wenn ich nicht verstehe, was ich tun soll, kann ich nichts tun. Da muss ich mir die Zeit nehmen und vielleicht dreimal lesen. – Wenn ein normal begabtes Kind in der 5. Klasse nicht richtig schreiben kann, muss man sich fragen, warum. „Richtig" meint zweierlei: Rechtschreibung und Schrift. Da turnt das kleine p oben auf der Linie neben dem g herum, obwohl sich beide so richtig schön auf der Linie ausruhen könnten, wenn ihr Unterteil da wäre, wo es hingehört. Das große F sieht aus wie das kleine und ein großes G gibt es überhaupt nicht. Schreibschrift mischt sich mit Druckbuchstaben in willkürlicher Abfolge zu irgendwelchen Wörtern, ob groß oder klein bleibt dem Zufall überlassen. In mancher Grundschule gibt es keine tägliche Rechtschreibübung. Das Schriftbild wird nicht korrigiert. Später hat man den Salat. – Ach, nicht so schlimm, das killer ich weg. Neuerdings kann man sogar Kugelschreiber schadfrei wegradieren. Nur das Überschreiben sieht meist richtig fies aus. Aber egal! – So wird Kindern die Rechtschreibung latte. Es ist ihnen auch wurscht, wie das aussieht, was sie produzieren. Ein Huhn, das über das Papier rennt, könnte es oftmals besser. Ist es nicht so, dass man seine Muttersprache in Wort und Schrift beherrschen sollte? Das muss man wollen! Wenn Lehrer und Eltern aber Schmiererei durchgehen lassen, wird dem Kind seine Schrift und Arbeitsweise egal bleiben. Diese Haltung dehnt sich gern auf andere Bereiche aus. Kein Bock, egal, morgen vielleicht, ist doch nicht wichtig! Eih Mama, chill mal! – Selbstdisziplin wird zum Fremdwort. Auf die Gefahr, dass ich mich wiederhole und mancher von Ihnen denkt >Jetzt kommt wieder der erhobene Zeigefinger<: Kinder brauchen Regeln und Konsequenzen. Wenn sie diese befolgen gibt es Lob, wenn nicht, Tadel. Das gilt auch für das Lesen und Schreiben. Eltern und Lehrer brauchen Geduld, das Kind braucht Zeit. Wer bei den Hausaufgaben auf dem Sprung sitzt, weil Luise schon wartet, hat ein Problem. Wenn Ihrem Kind klar ist, dass es mehr Zeit zum Spielen hat, wenn es sich gleich Mühe gibt, haben Sie gewonnen. Langfristig prägt diese Strategie nicht nur die positive Einstellung zur Muttersprache, sondern unterstützt auch die persönliche Haltung zum Leben überhaupt. – Wie war das? Selbst-disziplin?

Ein Kind muss nicht funktionieren!

„Bitte, bitte Mama, ich will auch wieder artig sein!" wimmert das vierjährige Kind, das zitternd vor seiner wutschäumenden Mutter steht. Die hält den Bügel noch in der Hand, mit dem sie es soeben verprügelt hat. – Als ich mich neulich an dieses Bild erinnerte, bekam ich prompt eine Gänsehaut und Tränen schossen mir in die Augen. Was muss geschehen, dass eine Mutter ihr Kind schlägt? Was, damit sie dazu nach einem Werkzeug greift? Was kann ein Vierjähriger getan haben, dass es seine Mutter derart aus dem Gleichgewicht bringt?

Gehen wir davon aus, dass Eltern immer das Beste für ihren Nachwuchs wollen, dass sie ihn zu guten Mitgliedern der Gesellschaft erziehen wollen. Wir alle wissen, dass manche Babys Schreikinder sind, dass Kinder sehr nerven können, dass sie provozieren und ihre Grenzen ausloten. Manchmal übertreiben sie und bringen ihre Eltern an den Rand ihrer Belastbarkeit. Die wollen dann einfach nur noch Ruhe. Wir lesen von den furchtbaren Folgen, wenn wieder ein Vater durchgedreht ist und sein Kind so lange geschüttelt hat, bis endlich Ruhe war. Von den meisten anderen Übergriffen, die Kindern täglich angetan werden, erfahren wir nichts. Wir wissen nicht, wie oft ein Kind zur Strafe für irgendwas in den dunklen Keller gesperrt wird, wir ahnen nur, dass zahlreiche Kinder in ihrem Zimmer eingeschlossen werden und dass ihre Eltern danach das Haus verlassen. Der dunkle Keller manifestiert sich als etwas Bedrohliches. Das Kind hat Angst und diese Angst meldet sich später als Trauma. Das eingesperrte Kind weiß nicht, dass seine Eltern wiederkommen. Es fühlt nur, dass es verlassen wurde. Auch das speichert ungute Energien für immer. „Ich will auch wieder artig sein", da möchte ein Kind der Erwartungshaltung seiner Mutter entsprechen. „Artig sein", erscheint hier wie eine Dressurnummer. Ein Kind will funktionieren, damit es wieder geliebt wird. Im Erwachsenenleben wundert sich dieser Mensch später, warum er ein Problem mit Eifersucht hat oder sich immer klein und unterlegen fühlt. Ich wage zu denken, dass nicht jeder Mensch als Eltern geeignet ist. Elternmenschen müssen wissen, dass Kinder zu haben mehr mit aushalten können, als mit Eiapopeia zu tun haben kann. Wenn ich mir ein Kind anschaffe, sollte mir bewusst sein, dass dieses ein Recht auf freie Entfaltung und Entwicklung hat. Natürlich bin ich als Eltern verantwortlich. Dennoch muss ich bestrebt sein, dem Kind Freiräume zu gewähren, bevor ich ihm Grenzen setze. Ich muss wissen, dass ich dieses kleine Wesen nicht schlagen oder schütteln darf. Bevor ich mein Kind einsperre oder in die Dunkelheit verbanne, muss ich mich fragen, was das bewirken soll. Denken kommt in jedem Fall vor Handeln. Wenn ich mein Kind in ein Muster presse, das mir vorschwebt, nehme ich ihm die Chance auf Eigenständigkeit und ein selbstverantwortetes Leben. Niemand hat das Recht, einen anderen Menschen zu misshandeln. Nur schwache Menschen tun das. – Wer sein Kind schlägt, hat dieses Kind nicht verdient.

Am liebsten Löffelchen – Stellung!

Du, Schatz, ich kaufe noch schnell eine Flasche Wein. Magst du inzwischen ein wenig Klar-schiff machen? Die Gäste kommen in einer Stunde. – Mach' ich! ruft sie und wühlt weiter im Kleiderschrank. Was soll sie bloß heute anziehen? Sybille hat bestimmt wieder was Neues. Voller Schreck schaut sie auf die Uhr. Jetzt wird es Zeit! Sie schnappt sich den Staubsauger und schiebt mit 10 km/h durch das Erdgeschoss. Auf den Wischeimer verzichtet sie und nimmt stattdessen eine Flasche Glasputz zur Hand. Großzügig versprüht sie das Putzmittel auf den Fliesen und wischt dann mit dem Micro-fleece-Schrubber darüber. So, das muss reichen. Schon dreht sich der Schlüssel im Schloss. Er ist vom Einkaufen zurück. Wortlos schaut er sich um. Du wolltest doch putzen, ärgert er sich und greift nach dem Schrubber. Sein einziger Kommentar >dann wische ich mal eben<. Hab ich schon, Schatz, kannst dich gleich umziehen! ruft sie aus dem Kleiderschrank. Das überfordert seine

Toleranzgrenze. Was hast du? fragt er provokant. Na, ich habe gesaugt und gewischt. – Das ist nicht dein Ernst! ruft er empört. Schau, hier und da und da hinten, überall Dreck! Sie nennt ihn einen Piefer und findet ihn schlimmer als seine Mutter. Er füllt den Wischeimer und feudelt das gesamte Untergeschoss noch einmal. Sie findet das lächerlich und denkt, kurz mal drüber gewischt hätte es auch getan. Und weil sie das nicht auf sich sitzen lassen kann, prophezeit sie ihm, dass er von nun an auch das Wischen als seins betrachten dürfe. – Der beste Mann der Welt lächelt nachsichtig. Er hat es gern ordentlich. Sie eigentlich auch. Nur ist Ordnung keine feste Größe, sondern wird subjektiv und individuell äußerst verschieden empfunden. Sie kann es nicht leiden, wenn er alles Mögliche auf ihrem Schreibtisch ablegt. Seine schwarzen Pantoffeln mitten auf dem cremefarbenen Wohnzimmerteppich beleidigen ihr Gefühl für Ästhetik. Wenn sie morgens noch benutzte Gläser vom Vorabend einsammeln muss, bebt ihre Laune schon vor dem Frühstück. Er ordnet

Messer und Gabeln in der Besteckschublade nach der Größe. Groß, mittel, klein liegen sie in Löffelchen-Stellung nebeneinander gekuschelt. Ihr reicht es, wenn die T-Shirts von vorne glatt sind, er bügelt in Perfektion. Sie ahnen es schon? Klar! Auch das Bügeln ist seins. So langsam verteilen sich die Aufgaben mit einem leichten Übergewicht zu einer Seite. – Toll, was dein Mann alles macht! staunt Sybille. Meiner dagegen... – Er hat es so gewollt, sagt sie erbarmungslos. Aber er kann Haushalt auch einfach besser. Weißt du, das ist definitiv nicht meins. In der Zeit wo er bügelt, kocht und abwäscht kann ich zwei Kolumnen schreiben...

Elternsein für immer

Kinder muss man loslassen. Dabei ist das das Schwerste. Als Mutter oder Vater bist du zuständig, du bist verantwortlich für deine Kinder, solange sie klein sind, solange sie nicht mündig sind. Wenn sie Babys sind, ergibt sich die Fürsorge von ganz allein. Du sorgst für sie, denn allein können sie es ja noch nicht. Du fütterst und wickelst, du hältst sie warm und geborgen. Du bist der Beschützer dieser kleinen Wesen. Das erste Mal, dass du loslassen musst, erlebst du, wenn dein Kind seine ersten Schritte tut. Es steht auf und läuft, erst an der Hand, dann lässt du los und plötzlich geht es ohne deine Hilfe. Du kannst es kaum glauben. Was für ein Moment! Irgendwann kommt es in den Kindergarten. Du bringst es bis vor die Tür. Es fällt dir schwer zu gehen. Du weißt ja nicht, ob das Kind weint. Später beim Abholen erfährst du, dass es sich sofort zu zwei anderen gesellt und gespielt hat. Du warst mit dem Türenschließen vergessen. So ist das nicht bei jedem Kind. Mäxchen wollte nie im Hort bleiben. Seine Mutter kam jeden Tag zu spät zur Arbeit, weil er immer weinte und ihr nachlief. Als Mutter eines Mäxchen hast du mit dem Loslassen ein echtes Problem. – Dann kommt es in die Schule. „Mama, ich kann schon allein gehen." „Klar, aber pass schön auf. Und nur bei der Ampel über die Straße!" Als es um die Ecke ist, wirfst du deinen Mantel über und schleichst hinterher. Natürlich darf es dich nicht bemerken. Prima macht es das. Du bist ein wenig beruhigt und auch stolz, denn du hast dein Kind zur Selbstständigkeit erzogen. Kinder werden über Nacht erwachsen. Kaum auf der Welt, machen sie schon Abitur. So kommt es dir vor. Zum Studium muss die Tochter in eine andere Stadt. Vorher will sie noch ein Jahr nach Australien „Work and Travel, Mama." Du weißt nicht, wie du mit deinen Ängsten umgehen sollst. Wird sie das wuppen? Ist das nicht zu gefährlich? Tatsächlich stellst du fest, dass deine Ängste nicht nötig waren. Dennoch rufst du sie jede Woche an. „Kind, alles gut bei dir?" Und dann gründen Kinder selbst Familien und werden

Eltern. Du aber bleibst immer in deiner Rolle und sie bleiben immer deine Kinder, um die du dich sorgst. Nur ein Rat von einem Muttertier, das an diesem Thema schon 40 Jahre lang übt und damit voll zu tun hat: Lass es sie nicht spüren, wenn du das mit dem Loslassen nicht hinkriegst. Und den Tipp, dass deine Tochter dem vierjährigen Enkelchen, damit er beim Einkaufsbummel nicht verloren geht, besser einen Luftballon hinten an die Hose heften soll, behältst du besser auch für dich.

Was soll an einer Pandemie gut sein?

Vor vielen Monaten begannen die Einschränkungen unseres Lebens. Wir litten unter Kontaktsperre und Besuchsverbot. Wir vermissten unseren Sport und gesellige Abendessen. Wir hielten Abstand und blieben zu Hause. Wir hatten Angst vor der sich weltweit verbreitenden Lungenkrankheit Corona. Vielleicht erscheint es Ihnen vermessen, wenn ich mich frage, ob so eine Pandemie trotz vieler Todesopfer auch etwas Gutes hat. – Die Natur scheint dankbar für unseren Rückzug. In Brasilien legten seltene Schildkröten an den momentan verwaisten Stränden wieder Eier. Hunderte Frischgeschlüpfter schafften den Weg ins Meer. Corona senkte den CO_2 Ausstoß, in China um 25%, weil Fabriken schlossen und weniger Individualverkehr stattfand. In Venedig erschien das Wasser in den Lagunen sauberer. Durch die fehlenden Kreuzfahrer, die normalerweise die Sedimente aufwirbeln und die Luft verpesten, war das Wasser klar und man konnte Fische beobachten! – Und, sind wir ehrlich, hatte der fremdverordnete Hausarrest nicht auch sein Gutes? Entschleunigung auf der ganzen Linie. Kein Zeitdruck, keine Terminnot, keine internationalen Konferenzen, wir konnten plötzlich ganz bei uns sein. Häusliches Familienleben bewusst zu gestalten, hatten manche schon fast verlernt. Wenn es keine Alternativen gibt, muss man sich wohl um die Kinder kümmern. Wenn die Flucht in die Kneipe unmöglich ist, weil da geschlossen ist, wenn Ablenkung durch Konzertbesuche oder Kino nicht läuft, fällt einem vielleicht das alte „Mensch ärgere dich nicht" Spiel oder „Mikado" wieder ein. Kinder stellen fest, dass Bilder zu malen auch Freude machen kann. Plötzlich treffen wir im Treppenhaus Leute, die wir zuvor nie gesehen hatten. Die neuen Nachbarn sind berufstätig und gewöhnlich schon weg, wenn wir morgens die Zeitung holen. Wir gewöhnen uns an, wieder Vorrat für zehn Tage im Haus zu haben. Vielleicht werden wir uns auch unseres Lebens bewusster und setzen in Zukunft andere Prioritäten.

Manches wird eventuell teurer, wenn wir die Lieferketten verkürzen und Dinge wieder selbst produzieren, statt sie aus Asien zu beziehen. Aber ist es das nicht wert? Manche erwarten einen Baby Boom, weil Paare nun viel Zeit miteinander verbringen durften. Und Nachwuchs brauchen wir ja wirklich dringend! „Höher, schneller, weiter!" – Das ist vorerst vorbei. Wir mussten feststellen, wie verletzlich wir sind. Wir haben geirrt, als wir dachten, wir seien unverwundbar. Nun lernen Kinder wieder Etikette. Man wendet sich ab und niest in die Ellenbeuge. Man bedankt sich, wenn andere Platz machen, wenn man mit dem Fahrrad kreuzt. Kinder erfahren, dass es zum Miteinander gehört, dass man der alten Nachbarin etwas einkauft oder ihr den Müll runterbringt. – Wenn wir alle begriffen haben, dass wir unsere Zukunft nur gemeinsam lösen werden, dass wir nur gemeinsam stark sind und unsere Umwelt schützen müssen, dann hatte diese Pandemie tatsächlich etwas Gutes. Übrigens: Die Osterlämmer wuchsen entspannt auf und hatten

die Chance auf ein ungleich längeres Grasen,
denn die Restaurants waren lange geschlossen.

Jedem Anfang wohnt ein Zauber inne..

Bevor es soweit ist, freuen sich viele und fiebern darauf hin. Manche schneiden pro Tag einen Zentimeter von einem Maßband ab. Andere können ihn sich gar nicht vorstellen. Sie wollen ihn nicht, weil sie so zufrieden sind, wie es gerade ist. Worum es geht? Um den wohlverdienten Ruhestand. Ein Zustand, der entgegen seiner Bedeutung so manchen kräftig aus der Ruhe bringt. Schön, wenn Ruhestand bedeutet, dass du dich nun zurücklehnen darfst und das auch kannst. Schwieriger, wenn dich diese Möglichkeit nicht befriedigt, wenn du ungeduldig mit den Hufen scharrst, weil dir die Arbeit fehlt. Wenn du 41 Jahre lang um 5:45 aufgestanden bist und deine Arbeit dein Leben war, wenn du an beiden Enden gebrannt hast für die Belange deines Jobs, dann tut sich jetzt bei dir vielleicht ein Grand Canyon der Leere auf. Zu Beginn genießt du, dass du nun ausschlafen kannst. Komisch, dass es dir trotzdem nicht gelingt. Du freust dich, nichts mehr müssen zu müssen, aber vieles können zu können. Endlich hast du genug Zeit für Sport. Aber Sport hast du doch schon immer betrieben! Nun kannst du dir die Zeit für deine Hobbies frei einteilen. Nur - auch bisher bist du ihnen nachgegangen. – An Ideen, womit du dich nun beschäftigen kannst, mangelt es dir nicht. Du hast massenhaft Zeit. Und doch hat eine Unruhe eingesetzt. Du vermisst plötzlich das morgendliche Treffen der Kollegen, genauso wie das Klären von Problemen, die Lösung von Konflikten, die lustigen Momente, vor allem aber, dass du gebraucht und gefragt wirst. Du fühlst dich „halb". Deine Hälfte ist ja noch da, nur die andere eben nicht. Du verstehst, was ich meine? Alles, was du tun kannst, kommt dir vor, wie Ersatzbefriedigung. Bitte komme dir jetzt niemand mit Vorschlägen, wie Ehrenamt, sozialem Engagement, usw.. Auch das läuft bei dir vermutlich schon immer. Nur das regelmäßige, pünktliche Erscheinen, das man von dir dort erwartet, stört dich plötzlich. Du willst ja endlich mal faul sein und nichts müssen müssen. Und doch kannst du das nur schwer umsetzen.

Genau! Dein Problem ist das Loslassen. Du tust dich schwer damit, dich zu bescheiden mit der Situation, nicht mehr wichtig zu sein. Dabei hast du dir das Recht, in aller Ruhe zu vertrotteln ehrlich verdient. Der einzige, der dich noch daran hindert, bist du selbst. Es bleibt dir nur, zu akzeptieren und zu lernen, dass nun ein ganz neuer Lebensabschnitt für dich beginnt. „.. jedem Anfang wohnt ein Zauber inne.." schreibt Hesse. Lass dich darauf ein! Wenn du das geschafft hast, kehrt auch die Freude an der Ruhe ein. – Bei den meisten jedenfalls, sagt man...

Steckbrief: „Wer kennt ihn?"

Schon mal etwas von >Ocypus olens< gehört? – Er hat sich mir in meinem Schlafzimmer vorgestellt. Mit seinem extrem langen Hinterleib kräftig wedelnd raste das ca. drei Zentimeter lange schwarze Insekt über den Teppich. I gitt! dachte ich und stellte mir sofort ein nächtliches Rendevouz mit dem Kerl vor. Todesmutig griff ich mir ein Windlicht, riss die Kerze raus und stülpte es über den kleinen Renner. Sofort hob der seinen Hinterleib wie ein Skorpion in die Höhe. Ich traute meinen Augen nicht! Skorpione kenne ich aus dem Süden, aber hier in meiner Wohnung? Ich ließ ihn rennen und bemühte das Internet. Nach zehn Minuten hatte ich ihn endlich gefunden. Der >schwarze Moderkäfer<! Er kann kräftig zubeißen und ein übel riechendes Sekret absondern. Eigentlich lebt er im Wald. Wie kam er in mein Schlafzimmer? Es gelang ihm nicht, herauszukriechen, als ich eine Pappe unter das Windlicht schob. Ich setzte ihn draußen im Garten aus, in der Hoffnung, dass er sich bitte dort in der

Natur ein neues Domizil suchen möge. Ihn bis zum nächsten Wald zu chauffieren, erschien mir dann doch übertrieben.– Nicht nur Ocypus olens verirrt sich in die Stadt. Neulich schlich ein Fuchs unter meinem Küchenfenster vorbei. Auch an Marderhunde haben wir uns schon gewöhnt. Allerdings hoffen wir, dass die Wildschweine nicht dichter kommen und auch der Wolf vor der Stadt Halt macht. Irgendwie ist die Welt durcheinander geraten. Viele sind nicht mehr da, wo sie eigentlich gern wären. Lebensräume werden knapper. Nahrung reicht mancherorts nicht mehr für alle. In zahlreichen Ländern herrscht Krieg. Menschen werden ob ihres Glaubens verfolgt. Wenn das Einkommen nicht mehr reicht, um die Familie zu ernähren, ist das Grund genug, das Zuhause zu verlassen. Manche riskieren ihr Leben und zahlen hohe Preise an Fluchthelfer, um auf andere Kontinente zu gelangen. Dort sind sie nicht immer willkommen. Es stellt sich die Frage, ob sich auf Dauer eine friedliche Koexistenz leben lässt und ob sich eine gemeinsame Sprache findet oder ob Menschen wie Ocypus olens mit aufgestelltem Hinterleib zum Angriff blasen. Ein Windlicht wird dann wohl wenig Abhilfe schaffen.

Wer mit Eifer sucht ...

Die Eifersucht ist eine Leidenschaft, die mit Eifer sucht, was Leiden schafft. Schon Franz Grillparzer (1791-1872) wusste offenbar um dieses besondere Leid. Das Teuflische daran ist, dass der, den es befällt, dagegen oft wehrlos ist.

Wenn der Partner einer dritten Person unangemessen viel Aufmerksamkeit widmet, muss das nicht gleich Verdacht erregen. Dennoch kann schon eine gewisse Vertrautheit zwischen der Bezugsperson und einer Dritten ein Minderwertigkeitsgefühl schaffen. Eine Eigenart der Eifersucht ist, dass sie „blind" macht. „Die Eifersucht lässt dem Verstand niemals genügend Freiheit, um die Dinge zu sehen, wie sie sind!" (Zit.)

Mancher behauptet, er kenne dieses fiese Gefühl nicht und fühlt sich bemüßigt, sich darüber lustig zu machen. „Wenn ein Mann will, dass seine Frau zuhört, braucht er nur mit einer anderen zu reden" (Zit) Nur ist das meist überhaupt nicht lustig. Selbst wenn einer im Traum nicht daran denkt, sich auf Abwege zu begeben, wird die Eifersucht seines Partner ihn immer wieder in Verdacht bringen. Dieses mangelnde Vertrauen ist verletzend und stört die Beziehung. Der Versuch, diese Vorfälle durch total eindeutiges Verhalten zu minimieren, muss nicht erfolgreich sein. – Die Gastgeberin startet eindeutige Übergriffe auf einen männlichen Gast. Sie verhält sich distanzlos, turtelt und flüstert anzüglich mit ihm. Seine Frau beobachtet das genau. <Typisch, er merkt wieder nichts, ist charmant und locker wie es seine Art ist> Die andere interpretiert das als Entgegenkommen. Als sie ihm verträumt in die Haare greift, verlässt seine Frau wortlos die Tafel. Auch das merkt er nicht. –„Der hätte ich was anderes erzählt", sagt später eine Freundin. „Ich hab mal einer vor allen Leuten gesagt > würden Sie bitte ihre Finger von meinem Mann lassen!<. Mein Mann wäre vor lauter Peinlichkeit am liebsten im Boden versunken."– „ Als meine Frau sich einmal anbaggern ließ, hab ich mich ins Auto gesetzt und bin nach Hause gefahren. Es war mir egal, wie sie heimkam. Sie war stinksauer, weil sie sich überhaupt keiner Schuld bewusst war!" erzählt ein Mann. Geschickt in diesen Dingen ist Gloria. Wenn ihr die Zudringlichkeit der holden Weiblichkeit auf ihren Gatten zu nervend wird, mischt sie sich lächelnd dazwischen. Sie flüstert ihrem Mann etwas ins Ohr und küsst ihn zärtlich. Dann führt sie ihn – Sie entschuldigen? – aus der Gefahrenzone. Meist unternimmt sie jedoch gar nichts. Sie weiß, dass ihr Gatte gut ankommt und sie gönnt ihm das Gefühl des Umschwärmten. Sie weiß auch, dass er im Leben nicht riskieren würde, sie zu verlieren. Eines ist klar: Solange eine Beziehung in Ordnung ist, kann ein Flirt der Treue keinen Abbruch tun. Und Eifersucht ist auch kein schönes Gefühl. Aber soll ich jemandem glauben, der behauptet, er kenne dieses Gefühl so gar nicht?

Der Ton macht die Musik

„Schaaaaatz!" dröhnt es aus der Küche. Die Gäste zucken zusammen und sehen einander betreten an. Schatz sieht sich genötigt, den Ton zu kommentieren. „Er hört nicht mehr so gut. Er meint es nicht so." – Ach. – Ein heikles Thema. Wenn wir älter werden, müssen wir notgedrungen hinnehmen, dass gewisse Fähigkeiten langsam dahingehen. Bei einem dies, beim anderen das. Merkwürdig nur, dass das, was schwächer wird, sehr unterschiedlicher Bewertung unterliegt. Wenn einer mit der Hüfte zu tun hat, erntet er Verständnis und Mitgefühl. Er kann auch ruhig darüber reden, denn zahlreiche andere kennen das Problem und schnell gibt es diverse Beiträge zu Hüft-OPs. Auch „Rücken" oder „Knie" darf man gern haben. Man muss sich nicht schämen, wenn der Halteapparat langsam erschöpft ist. Dass man alle Naslang eine neue Brille braucht ist auch normal. Reicht eine zum Lesen und eine zum Fernsehen oder braucht es auch noch eine für die Arbeit am PC? Andere Schwächen trägt man nicht so gern vor sich her. Die sind irgendwie heikel, die sind ein bisschen peinlich, derer schämt man sich fast. Du weißt, woran ich denke? – Elsbeth möchte nicht zugeben, dass sie immer weniger hört und für eine Hörhilfe ist sie zu eitel. Darum schaut sie in Gesellschaft immer sehr interessiert in die Runde und nickt ab und an zustimmend mit dem Kopf. Peinlich wird es immer dann, wenn jemand überraschend zum Thema fragt und Elsbeth etwas völlig Zusammenhangloses antwortet. Immer seltener nimmt sie deshalb Einladungen an. Große Runden machen sie nervös und strengen sie an. So zieht sie sich immer mehr zurück und droht zu vereinsamen. – Hans verliert immer öfter den Faden, wenn er etwas sagen möchte. Dann fällt ihm plötzlich ein Wort nicht ein. Zuerst konnte er das Problem noch herunterspielen „hab heute wieder ein Sieb im Kopf, ha, ha". Aber es macht ihm zunehmend Angst. Ingo schreibt heimlich beim Golf die Namen seiner Flightpartner auf die Scorekarte, weil er sie sonst schon nach der ersten Bahn vergisst. Dabei muss es nicht gleich eine Demenz sein, wenn einem hin und wieder etwas nicht sofort einfällt. Bei den Mengen an Information, denen es täglich ausgesetzt ist, setzt das Gehirn schon mal Prioritäten. – Im Restaurant neulich erfuhr ich das am eigenen Leib. Der Kellner zählte auf, was es außer der Karte an jenem Tag noch gab. „Wir haben noch Seezunge, Nudeln mit weißem Trüffel,...- Was darf ich Ihnen bringen?" Ich begann „also, ich möchte gern ....und dann war es weg, das Wort!.......ich möchte ....ich öffnete meine beiden Hände ca. 25 cm weit.....na, diesen Fisch!" „Die Seezunge, sehr wohl," entschwand der Kellner höflich. Warum war mir das Wort Seezunge nicht eingefallen? Muss ich mir Sorgen machen? – Meinem Liebsten geht es ähnlich. Darum haben wir ein Spiel. „Wie heißt der Sänger von..? – Wie ist der Name der Schauspielerin, die ..?" Und dann sind wir froh, wenn uns unsere individuellen Problem-Namen einfallen – manchmal erst nach Minuten oder Stunden. – Wir sollten wohl gelassen hinnehmen, dass im Alter nichts besser wird, aber manches noch schlechter sein könnte. Es muss uns jedoch nichts peinlich sein. Über solchen Quatsch sind wir hinaus! Wir haben es uns verdient, unsere Schwächen zugeben zu dürfen. Und mal ganz ehrlich, irgendwelche hat doch jeder, oder?

Fön – Geschnatter, ...

Schon im Eingang quillt mir ein unerhörtes Duftgemisch entgegen. Die Düfte vermengen sich mit Schallwellen. Zwischen Fön-Gebrause drängt sich Geschnatter, wie jenes, das ich von Tante Theas Bauernhof kenne. Friseurbesuche rangieren in ihrer Beliebtheit für mich gleich hinter Zahnarzt und Gynäkologe und vor Besuch bei Tante Thea. Es beginnt damit, dass ein ungeschicktes Lehrmädel mich in einen schwarzen Umhang verpackt. Dazu stopft sie mir ein Handtuch in den Kragen, so dass ich jetzt schon weiß, dass meine Bluse später aussieht, wie ..na ja. Damit sich keine Haare irgendwo hinein verflüchtigen können, wickelt sie noch eine Art Clowns-Krause aus Krepppapier um meinen Hals, die ist so eng, dass mir die Luft knapp wird. Dazu noch die Schutzmaske! Der Chef, Jean-Claude selbst, rührt meine Farbe an. Wenn das Mädel sie weiter in dem Tempo aufträgt, ist das Haar vorn schon wieder nachgewachsen, bevor sie hinten fertig ist. Nach 45 Minuten schiebe ich wie ein Baby die Ärmchen durch zwei Schlitze im Umhang und stapfe tapfer zum Waschbecken. Dank der Maske verstehe ich sie nicht und rätsle, was sie wohl gesagt haben mag. Sie hält das Ding ein wenig hoch: „Darf es eine Rückenmassage sein?" „Nein danke." Ich erspare mir weitere Lautschrift. „Wollen Sie die Füße hochlegen?" „Nein, danke." Und dann fängt sie an zu spülen und zu waschen und zu spülen und zu waschen. Ich habe den Eindruck, sie versucht, die Farbe rückgängig zu machen. Mit ihren Gummihandschuhen schrappt sie dabei wie mit einem Radiergummi kräftig durch mein Gesicht. Meine Augenbrauen sind bestimmt schon ausradiert. Plötzlich wird mir auf dem Rücken ganz warm. „Ach, tut mir Leid! – Ist die Temperatur recht so?" „Auf dem Kopf, ja." Sie führt mich zurück zu meinem Platz. „Darf es eine Kopfmassage sein?" „Nein, danke!" – Nun naht Jean-Claude. „Danke, Schätzchen! Nun lass mich mal." Er macht sich daran, meine Frisur auf Länge zu bringen. Rechts und links von mir schnattert es ungebremst. Ich erfahre ungewollt

Details über Leute, die ich kenne. Hin und wieder braust irgendwo ein neuer Fön auf. Jetzt auch bei mir. Ich hoffe, dass es schnell vorbei geht. Aber J.–C. nimmt seine Arbeit sehr ernst. „Tolle Farbe! Die ist mega!" Er packt mich aus dem Kittel aus. Mein Blusenkragen ist, wie erwartet, total zerdrückt, der Rücken ist klatschnass. Aus Erfahrung habe ich ein wenig Make-up dabei, so dass ich meine ramponierte Fassade notdürftig restaurieren kann.

„Entzückend!" „Mmm." An der Kasse schaue ich bewusst cool. Ich weiß, dass gute Arbeit kein Schnäppchen ist. Tip für den Lehrling stecke ich in das Töpfchen. Sie kann ja nicht dafür, dass ich mich nicht gerne ausliefere und ihre Angebote so gar nicht zu schätzen weiß. Mit einem neuen Termin versorgt schließe ich die Tür hinter mir. – Geschafft! Wie still es hier draußen ist, auf der Straße!" – Nächste Woche muss ich zum Zahnarzt und am Wochenende besuchen wir Tanta Thea.

Glück ist eine Momentaufnahme

Bist du zufrieden mit deinem Leben? – Musst du nachdenken oder kannst du spontan antworten? Fragst du dich, was noch schöner sein könnte, was anders oder besser sein müsste? Oder gehörst du zu denen, die wissen, dass sie glücklich sind und ihr Leben wunderbar finden? Zufriedenheit ist die Schwester der Bescheidenheit. Wenn dir bewusst ist, dass ohne deine Gesundheit alles nichts ist, ist die Antwort nicht schwer. Und selbst wenn dir Gesundheit nicht ganz gegeben ist, gibt es immer noch Gründe, zufrieden zu sein. Natürlich haben wir alle Wünsche und vielleicht auch Träume, so verschieden, wie wir Menschen selbst sind. Dem einen reichen Kreuzfahrten und Fernreisen nicht. Er langweilt sich und sucht nach neuen Herausforderungen. Da muss es doch noch mehr geben! Der andere ist hochzufrieden mit Camping an der Ostsee und kreativ im Gestalten seiner Zeit. Mancher glaubt sich in der Pflicht, was Kultur angeht, und kauft sich ein

Opernabonnement. >Man muss ja mitreden können!< Andere genießen Kinobesuche mit Freunden und haben Spaß. Sie trinken beim Stadtparkkonzert ihren Wein im Stehen und finden es wunderbar. Einer tigert in seinem Haus herum und weiß nichts mit sich anzufangen. Unterhaltung muss von außen kommen. Der andere setzt sich in seiner Zwei-Zimmer-Wohnung in einen Sessel und genießt sein Dasein. Es geht beim Thema Zufriedenheit nicht nur darum, was man sich leisten kann. Es bedeutet auch, sich mit dem, was einem möglich ist, zu arrangieren und es zu schätzen, anstatt immer mehr zu wollen. Das betrifft auch die Einstellung zu Beziehungen. Ist mir klar, dass eine Ehe oder Beziehung immer auch Kompromisse bedeutet? Schätze ich meinen Partner? Oder befürchte ich, einen Besseren zu verpassen? Das Empfinden von Glück ist eine intensive Momentaufnahme, Zufriedenheit eher ein Gefühl mit Nachhaltigkeit. Wer selbstbestimmt leben kann, der hat alle Chancen auf ein abwechslungsreiches und glückliches

Dasein. <Mein Leben ist langweilig> kann da nur bedeuten <Ich bin langweilig>. Wer Zufriedenheit unter diesen Voraussetzungen nicht spürt, der müsste seine Einstellung hinterfragen. Er sollte sich einmal in die Schuhe von jemand anderem stellen und von dort auf sein Dasein schauen. – Na, was siehst du?

Eigentlich war die Alte gar nicht so schlecht..

Die neue Küche eurer Freunde ist vom Modernsten. Dagegen kommt dir deine Kochzelle zu Hause recht schäbig vor. Damals war sie teuer, heute wirkt der Raum retro, wenn du gut gelaunt bist, sonst eher shabby. „Schatz, was hältst du davon, eine neue Küche anzuschaffen?" „Wenn du meinst, dann machen wir das." Dein Liebster weiß, dass das keine Frage deinerseits war, sondern eigentlich die Mitteilung eines Beschlusses, den du schon gefasst hast. Ihr macht die Planung zusammen und rechnet das Projekt durch. Es wird nicht billig, aber nun soll es ja auch fürs Leben sein – in eurem Alter. Du möchtest Hochglanz-Fronten ganz in grau. Die sind zeitlos und immer schön. Ein bisschen Geduld brauchst du, denn der Einbau kann erst in sechs Wochen beginnen. Als der Termin ran ist, vertröstet dich der Küchenmensch um weitere drei Wochen. „Lieferschwierigkeiten". Dann geht es aber endlich los. Die alten Schränke und Geräte werden abgebaut. Oh, Mann, wie sieht das schrecklich aus! Du lässt die Handwerker machen und wendest dich anderen Dingen zu. – „So, das wärs eigentlich", verkündet der Mensch nach zwei Tagen. Gespannt öffnest du die Küchentür. Es strahlt dir eine wunderschöne graue Hochglanzküche entgegen. Aber – was ist das? Die rechte Seite am Kühlschrank ist matt statt Hochglanz. Die Front des Herdes ist schief eingebaut und hängt um mindestens zwei Zentimeter und die Arbeitsplatte fehlt noch ganz. „Der Granit hat Lieferschwierigkeiten. Müsste aber die nächsten zwei Monate kommen," tröstet man dich. „Wegen der Herdfront kommen wir noch mal wieder. Dann tauschen wir auch die matte Seite aus." Nach weiteren zwei Wochen tauschen Sie aus, leider ist nun vorn am Herd ein Schrankgriff angeschraubt - ? Der muss weg! Auf die Granitplatte wartest du noch. Deine Freude über das neue Küchenparadies hält sich in Grenzen, zumal der Preis nun das Abgemachte doch noch übersteigt. Deinem Liebsten würdest du gern ins Gesicht springen, als er das gute Stück betrachtet und ganz versonnen sagt

„eigentlich war unsere alte Küche doch gar nicht so schlecht...“

Versicherungswechsel online – ist doch ganz easy!

Versicherungen kann man heute online abschließen. Das spart Zeit und teilweise auch Geld. Portale vergleichen Angebote und du suchst dir das aus, was dir am günstigsten erscheint. Die Konzerne werben mit Superschnäppchen, Prozenten und Bargeld. Dir ist nur wichtig, dass der Vertrag steht, denn von all den Paragraphen verstehst du eh nichts. Sogar Versicherungswechsel sind völlig unproblematisch, denn der neue Anbieter übernimmt das für dich. Schiet nur, wenn die Daten nicht stimmen. Wenn du nach Monaten zum 12. Mal den falschen Vertrag zugeschickt bekommst, mit der Aufforderung, ihn zu bestätigen, wenn du 13 mal mit Online-Service-Kräften telefoniert hast und nichts geschieht, wenn dir der 14. versichert, er habe das mit der SF Klasse nun geklärt und alles sei ok und der nächste Vertrag enthält wieder die falschen Daten, dann weißt du nicht mehr wohin mit deinem Zorn. Du verlangst den Vorgesetzten der Telefonkraft zu sprechen. Nachdem sie noch einmal deinen ganzen Fall durchgegangen ist, verbindet sie dich widerwillig mit der Vertragsabteilung. Sie bittet dich um etwas Geduld und als deine linke Hand, in der du den Hörer hältst, krampft, weißt du auch, warum. Nach exakt 10 Minuten nimmt jemand ab! Deine Hoffnung auf Klärung zerschlägt sich aber schnell, als dir die Fachkraft erklärt, dass man Informationen von Vorversicherern nicht einholen könne, das überfordere die Mitarbeiter, die Personaldecke sei zu dünn. Wenn du zu deinem Recht kommen wolltest, müsstest du diese Informationen schon selber einholen und übermitteln. Für dich geht es um richtig Geld. Also hängst du dich wieder ans Telefon und wartest. Die Warteschleifen-Musik geht dir gehörig auf die Nerven. Das Spiel startet von vorn. Endlich hast du einen Sachbearbeiter dran, der sich wirklich für dein Elend zu interessieren scheint. Er verspricht, die fehlende Info beim Vorversicherer einzuholen und deiner neuen

Versicherung zu übermitteln. Du möchtest dich gern darauf verlassen, allein dir fehlt der Glaube. Bitte, überrascht mich! – Vielleicht doch zu einem Versicherungsagenten wechseln, einem realen Menschen, den man anrufen kann, ein wenig mehr bezahlen, aber dafür ungeheuer Zeit und nerven sparen? Oder gibt es die gar nicht mehr?

Die schönste Stadt der Welt

„Du, fährt die S-Bahn heute langsamer?"–
„Langsamer als die Schiffe?"
– „Ne, als sonst." Man könnte es fast glauben,
dass die Uhren langsamer gehen, an diesem
Samstagabend am südlichen Ufer der Elbe.
Tausende Menschen haben sich versammelt, um
die Königinnen der Meere auslaufen zu sehen.
Familien machen Picknick, Jugendliche sitzen in
Gruppen auf dem Boden und chillen. Vor lauter
Stativen kann man das Ufer nicht sehen. „Sie da,
mit der großen Kamera! Können Sie mal zur Seite
gehen?" Die dicke Plastik von Niki de Saint Phalle
hat Gesellschaft bekommen. Vielleicht, weil sie so
schön ist, eher aber, weil sie erhöht steht und
man von ihrem Sockel aus die Elbphilharmonie in
voller Schönheit und ganz in Blau bewundern
kann. Das Ordnungspersonal hat zu tun, die
Schaulustigen aus der Feuerwerkzone
herauszuhalten. Und dann geht es los! Das erste
Kreuzfahrtschiff läuft aus und das Feuerwerk
beginnt! Die Lichter spiegeln sich tausendfach in

den Scheiben der gegenüberliegenden Gebäude und Schiffe. Als eine kurze Pause eintritt, rufen die Passagiere der MS Deutschland im Chor zum Ufer herüber „Zugabe, Zugabe!" Die am Ufer lachen. Ein Band ist geknüpft zwischen Reiherstieg und der Weiten Welt – wie wäre es..? Als das letzte Schiff durch, auch der riesige Schwimmkran vorbei ist, wird es leise auf der Südseite der Elbe. Die Menschen schauen andächtig auf die wunderschöne Kulisse ihrer Stadt. Auf dem Dom dreht sich das Riesenrad, die Treppe im Michel windet sich in blauem Licht, die großen Hotels am Hafen konkurrieren mit den zahlreichen Kirchen. Die S-Bahn – oder ist es doch die U3 – zieht langsam von links nach rechts durch das Bild. Was für ein wunderbarer Abend mit südlich lauem Lüftchen an der Elbe, hier in der schönsten Stadt der Welt.

....damit die Oma sich nicht langlegt

Der Kopfverband kleidet ihn gut. Wie das passiert ist? Sie hat wieder einmal die obere Schranktür offen gelassen und er ..... Ordnung zu halten ist ein ständiges Bemühen und auch eine Frage der Wahrscheinlichkeit. Nimm ein Kartenspiel und mische es. Die Wahrscheinlichkeit, dass die Kartenfolge geordnet erscheint, ist äußerst gering, denn es gibt 8×10^{64} Möglichkeiten. Unordnung ist also sehr viel leichter möglich als Ordnung. Ordnung hat auch mit Verteilung zu tun. Spielt dein Kind nur im Kinderzimmer, herrscht auch nur dort Unordnung. Spielt es aber auch im Wohnzimmer, dehnt sich die Unordnung automatisch aus. Im menschlichen Körper hat alles eine natürliche Ordnung. Hier hat jedes Organ seinen Platz. Alles ist da, wo es hingehört. Nur so kann der Körper funktionieren.
Viele von uns haben es gern ordentlich zu Hause. Ihre persönliche Vorstellung von Ordnung unterscheidet sich dennoch ganz erheblich. Manche müssen die Stifte auf dem Schreibtisch

schnurgerade nebeneinander drapieren oder die Schuhe alle genau auf Kante ins Regal stellen. Andere würden das vielleicht manisch oder pingelig nennen. Die finden es schon ordentlich, wenn die zerfledderte Zeitung auf dem Tisch statt auf dem Boden liegt. Was meint es also, wenn sich jemand über Unordnung beschwert? Ordnung ist relativ und gleichzeitig total individuell. Obwohl es allgemeingültige Parameter für Ordnung gibt, hat jeder seine Vorstellung davon, wie die Dinge um ihn herum angeordnet sein müssen, damit es für ihn passt. Jeder erkennt den Lebensraum eines Messies. Für manchen ist der Schritt von da zu „gemütlichem Chaos" nicht groß, andere möchten den Psychologischen Dienst rufen. Eltern sind Vorbilder für ihren Nachwuchs. Legt die Mama wenig Wert auf Ordnung und findet, das Kind braucht kreative Freiheit in der Gestaltung seiner Umgebung, kann es schon vorkommen, dass nicht nur der Malblock, sondern auch die Wände der Wohnung mit Fingerfarben und ähnlich schönen Dingen dekoriert sind. Andere Eltern trennen zwischen „Wohnung" und „Kinderbereich" und dämmen so das Chaos ein. Es soll sogar noch welche geben, die ihre Kinder anhalten, nicht mit den Fingern in den Nudeln zu matschen, sondern eine Gabel zu benutzen, so dass sie nach dem Essen einfach weiterleben können, ohne das tomatenverschmierte Kind erst einer Ganzkörperreinigung unterziehen zu müssen. Solche Eltern erklären ihrem Nachwuchs auch, dass man nach dem Spielen seine Sachen wieder an ihren Platz räumt, damit sich die Oma nicht wegen herumliegender Spielzeugautos langlegt. Übrigens: „ordentlich" ist kein Schimpfwort.

Dein Name – maßgeschneidert oder ....

„Chantalle, nimm dein Finga aus die Nase und sach Tante Tach!" – Kein Grund zum Schmunzeln! Gewisse Namen schüren Vorurteile. Diese basieren immer zu einem Teil auf Erfahrungen. Lehrer wissen darüber eine ganze Menge zu berichten. Ohne irgendjemandem zu nahe treten zu wollen, Namen bürgen erstaunlich oft für bestimmte Eigenschaften. Jungen mit Namen Timo waren zu meiner Zeit meist rothaarig und richtige Kracher. Jacquelines und Chantals ebenso. Was denken sich Eltern bei der Namensgebung ihrer Neugeborenen und welche Eltern neigen zu welchen Namen? Kinder, die aus der ehemaligen DDR kamen und heute zwischen 40 und 50 sind, hießen gern Ronny oder Mandy. Namen, die sich im Westen zeitgleich nur geringer Beliebtheit erfreuten. Sonderbarer Weise wurden im Westen damals auch meist nur Kinder aus bestimmten Kreisen Chantal oder Kevin genannt. Schließlich wurde niemand von uns vor der Namensgebung um seine Erlaubnis gefragt und manch einer würde gern anders heißen, als seine Eltern es festgelegt haben.

Nach welchen Kriterien suchen Eltern also die Vornamen ihrer Kinder aus? Vorbilder erwecken den Wunsch, der Nachwuchs möge ähnlich erfolgreich, schön oder sonst was werden. In anderen Kreisen bekommen die Kinder nach Familienvorfahren, alte, deutsche Vornamen. Da heißen Jungen wieder Paul, Willem oder Karl. Mädchen sind wieder Paula, Emmi oder Anna. Ungeachtet der Länge der Nachnamen scheuen sich Eltern auch nicht, schöne Doppelnamen zu vergeben. Manche bedenken sogar, dass das Kind einmal erwachsen sein wird und auch dann mit seinem Namen leben muss.– Die 2020er Namens-Hitliste führen bei den Mädchen Emilia, Laura und Ella, bei den Jungen Elias, Emil und Liam an. Es gibt aber auch ganz neue Namen, unter denen sich mancher wenig vorstellen kann. Oder was halten Sie von „Biona"? – Sind Sie zufrieden mit Ihrem Namen? Füllen Sie ihn aus? Sind Sie ein Hans oder Ulrich, eine Anne-Liese oder Giesela? Von außen betrachtet scheinen manche Namen wie eine zweite Haut zu passen und andere totale Übergrößen oder zu eng geraten zu sein. Aber wie empfindet es derjenige, der so heißt? Eine coole, starke Frau kann sich womöglich eher Wilhelmina oder Paula vorstellen, als Cindy. Ein gestandener Mann möchte ev. lieber Berthold als Bobbi heißen. Schön, wenn die Eltern ein glückliches Händchen hatten und den Namen so gewählt haben, dass sein Träger ihn auch fühlt. Auch verständlich, wenn eine 90jährige Dame mit einem sehr schönen alten Namen, den schon Mutter und Großmutter trugen, statt seiner lieber gern „Nele" hieße. „Nele" stand allerdings 1929 noch in keiner Hitliste. Ihren Eltern sei deshalb verziehen.

Es ist nie zu spät für alles..

...lautet ein Romantitel. Der Inhalt ist schnell erzählt. Drei Frauen in höchst verschiedenen Lebenssituationen sehen sich mit ihrem Alltag oder aber mit besonderen Umständen konfrontiert. Wie werden sie reagieren? – Ist nicht für jeden von uns irgendwann der Punkt gekommen, an dem wir uns fragen, wie es weitergehen soll? Natürlich sind da die, die sich ihr Leben eingerichtet haben und ein Leben lang damit zufrieden sind. Sie streben nicht nach Höherem, sie wollen nicht mehr. Aber manchen ist es irgendwann der Angepasstheit zu viel. Eigene Belange sind gewachsen und unter Umständen nicht mit denen der Mitmenschen kompatibel. Dann steht so einer vor der Entscheidung, sich zurückzunehmen oder aber den Konflikt zu riskieren und sich durchzusetzen. – Lena ist verheiratet und hat einen zweijährigen Sohn. Damals, als Leo sich ankündigte, hatte sie gerade ihr Studium beendet. Natürlich lag es nahe, dass ihr Mann Donald für seine Familie erst einmal das Geld verdiente und Lena sich um das Kind kümmerte. Nun reicht ihr das Hausfrau- und Mutterdasein aber nicht und sie möchte das Angebot, in einer Steuerkanzlei zu arbeiten, gern annehmen. Obwohl Leo einen Krippenplatz hat, bedeutete das für Donald, dass er sich mehr in die Familie einbringen müsste. Er ist ungehalten, denn er sähe es lieber, wenn Lena ein weiteres Kind bekäme und sich allein darum kümmerte. Nach einiger Aufregung setzt Lena sich durch. Sie glaubt, dass sie ein Recht auf Selbstverwirklichung hat, genau wie ihr Mann. – Alex träumt schon ein Leben lang davon, ein Instrument zu spielen. Immer ging der Beruf vor, immer gab es andere Prioritäten. Jetzt, im Ruhestand, hat er sich eine Guitarre gekauft. Er nimmt Unterricht und übt fleißig. – Ein Klassiker: Beas Mann hat sie mit seiner Sekretärin betrogen. Sie ist zuerst wie gelähmt. Wochenlang liegt sie mit Depressionen auf der Couch. Ihre Freundin macht dem Spuk ein Ende. „Wirf den Kerl raus!" empfiehlt sie „und tu endlich was für dich!" Zuerst schleppt sie Bea zum Friseur. Eine neue Frisur ist der erste Schritt zur Veränderung. Dann melden sich beide zu einem Sprachkurs und zum Tangounterricht an. Endlich dreht sich Beas Leben um sie selbst. Die Trennung ist geplant.– Johanns Frau ist leider verstorben. Nach einiger Zeit bricht der 65Jährige in ein neues Leben auf. Endlich tut er das, wozu seine Frau keine Lust hatte. Er meldet sich zum Golf an und verbringt seine Tage im Freien mit einer wunderschönen Tierwelt in schönster Umgebung und lernt einen interessanten Sport. Was tätest du gern? Was hindert dich? Wann fängst du an? Bedenke: Du hast keine Zeit zu verschenken und es ist nie zu spät für alles!

Macht Licht!

Kennen Sie diese ganz, ganz feinen Lichterstränge mit den winzig kleinen Lämpchen? Je mehr Stränge, je mehr Lämpchen, umso mehr Licht und Euro. Ich spreche natürlich von Lichtergeriesel. Ja, nä, Lichterketten waren früher. Die ersten, super modern, waren so groß wie Tannenbaumkerzen, von eiergelber Farbe mit schwarzem Sockel. Die waren so schwer, dass sie mitsamt der Halteklammer gern kopfüber am Tannenbaum herumturnten. Dann gab es kleinere Grüne, die man damals für sehr elegant hielt. Noch immer waren die Lichter wie Kerzen, mit Glück senkrecht gearbeitet. Kurz darauf wurden die Lichter in die Drähte eingearbeitet und wurden zu Lichttröpfchen, grün oder weiß. Die logische Weiterentwicklung haben wir heute: Lichtergeriesel, Lichtervorhang, Lichternetz,.. Man kann wählen zwischen kalt weiß und warm weiß. Das ist Geschmackssache. Wer gern das Gefühl hat, seine gemütlichen Abende in der Adventzeit und Weihnachten im Inneren eines

Kühlschrankes zu verbringen, der nimmt kein warm weiß. Viel zu heimelig, gar nicht cool. Ja, tatsächlich, auch die Coolen greifen heute zu dererlei Lichtergebamsl. Aber mit dem Greifen ist es leider nicht getan. Wer seinen Einkaufswagen, bis oben gefüllt mit Gestecken, Kerzen, Geschenkpapier und allem, was man an Licht kriegen kann, durch die Kasse gebracht hat – ganz schön teuer die Weihnachtsstimmung – hat das Beste noch vor sich. „Du, Papa, guck mal! Ich mach das Licht schon mal an!" ruft das Söhnchen. Papa versucht noch „haaalt! niiicht!" das Schlimmste abzuwenden, aber zack, ist die Kette ausgepackt, das Haltedrähtchen abgedreht und ähhhh – schon geht gar nix mehr. 30 Drähte je 2 m lang verknoten sich wie von Zauberhand. Die Lichtlein in den superdünnen Drähten kuscheln und drehen und schlüpfen und zappeln umeinander und schon ist aus dem Lichterstrang ein nicht zu beherrschendes Lichterknäuel entstanden. Söhnchen lässt es genervt fallen und entschwindet im Kinderzimmer. Papa hat eine halbe Stunde zu tun. Aber dann, dann ist es ein

Traum von Licht! – Schööön, gell?!– Ist Ihnen auch aufgefallen, dass der erste Lichterschmuck in den Fenstern und Gärten sich schon Mitte November zu leuchten traute? Und dann wurde es immer mehr, von Tag zu Tag! Mir kommt es so vor, als hätten noch nie so viele Nachbarn geschmückt. Das erinnert mich an die Fußball-Heim_WM 2006, als jeder eine Deutschlandfahne am Auto oder Balkon hatte. Als wir ein WIR waren und es sich gut anfühlte. Bei Corona kann keiner gewinnen, aber gemeinsam können wir uns besser fühlen, gemeinsam schaffen wir das. Also, macht alle Licht, so viel wie nur geht. Das scheint dann von überall herüber und lässt uns einander näher rücken, lasst uns wieder ein WIR sein, trotz Abstandsregeln.

Weihnachten ist trotzdem!

Die Verkäuferinnen möchten erschöpft nach Hause, denn sie tun ihren Dienst bis zum Schluss für alle, die noch etwas brauchen, wollen oder nötig haben. Die alte Dame, die seit ½ Stunde immer wieder durch den Laden kreist, vor Regalen stehen bleibt, immer wieder einmal eine Verkäuferin etwas fragt, trägt einen leeren Einkaufskorb. Kaufen will sie nichts, aber sie braucht etwas, hat doch etwas nötig. Irgendwann stellt sie den Korb zurück. Sie dreht sich um und wünscht allen eine frohe Weihnacht. Die Verkäuferin, die ihr am nächsten steht, lächelt sie an. „Auch für Sie, Frau Schmidt", sagt sie. Sie wohnt im gleichen Block wie die alte Dame. Frau Schmidt lächelt zurück und verlässt schweigend das Geschäft. „Traurig!" meint eine Kollegin. „Hat sie denn niemanden?" „Nein, sie ist ganz allein mit ihren 90 Jahren". Ein Mädchen, so neun oder zehn Jahre alt, hat zugehört. „Na, Sonia, was fehlt dir noch?" fragt die Verkäuferin. „Ne, alles gut. Tschüs!" – Manches ist auch heute wie immer. Heilig Abend ist nämlich. trotz Corona am 24.12. — Nach dem gemeinsamen Abendessen ist Bescherung. Auch bei Sonia. Aber als später die Familie noch gemütlich zusammensitzt, fragt sie, ob sie nochmal schnell zu Charlotte rübergehen darf. „Geh nur", sagt der Vater, „aber bleib nicht so lange. Heiligabend gehört der Familie." Dass Sonia ihre Blockflöte mitnimmt, merkt keiner. Sie klopft an Charlottes Tür. Die hat schon gewartet. Sie hat ein Paket unter dem Arm und hält den Zeigefinder vor die Maske >Ps, leise!< Die beiden schleichen aus dem Haus. Zwei Häuser weiter klingeln sie bei Müller, denn so heißt die Verkäuferin. Sie drückt den Summer und fragt sich, wer da wohl kommt. Sie geht ins Treppenhaus und lauscht nach unten. Tap, tap, tap, Kinderfüße kommen die Treppe rauf. Im dritten Stock bleiben sie stehen. Sie hört wie an einer Tür geklingelt wird. Das muss bei Frau Schmidt sein.. „Fröhliche Weihnacht, Frau Schmidt. Das ist die Charlotte und ich bin Sonia." Was sie nicht sieht: Das Kind setzt die Flöte unter die Atemmaske und nickt dem andern zu. „Kling

Glöckchen, Klingelinge ling,..." ertönt eine Kinderstimme zur Blockflöte. Und dann noch „Es ist ein Ros entsprungen, aus einer.... „Bitte, das ist für Sie. Charlotte überreicht Frau Schmidt den Karton mit Schokolade, den sie heute selbst geschenkt bekommen hat. „Ach, Kinder! So eine Freude! Danke, danke, danke!" „Tschüs, Frau Schmidt", und dann hört sie sie die Treppe hinuntertrappeln. – Ihr Gatte öffnet die Tür „was ist denn, Liebes? Warum weinst du?" – Sie schnupft. „Weil heute Heilig Abend ist und weil ich grade was sehr Schönes miterleben durfte, das auch Corona nicht kaputtmachen kann. – Geh schon vor, ich komme gleich."

Kein Wort für so etwas – aber nicht wortlos!

Es begann, wie jedes Jahr beginnt. Nach der Silvesternacht 2019 war es plötzlich da, dieses 2020. Die einen schliefen hinein, noch müde von der Silvesterfeier. Andere verschliefen den Start gleich ganz, weil, als sie erwachten schon wieder Dämmerung herrschte und sie dachten, es sei noch nicht Zeit. Manche saßen wie jeden anderen Tag auch um 8:45 Uhr am Frühstückstisch mit frischen Brötchen vom niemals geschlossenen Kiosk. Es gibt kaum Gründe, solche Regelmäßigkeit zu unterbrechen. So ein Jahr kann schon gar kein Grund sein, zu lapidar, zu berechenbar, keine Seltenheit. Irgendwann begrüßten die meisten, wie auch immer sie in dieses 2020 gekommen waren, das Neue Jahr. >Ein gutes Neues!< <Frohes Neues Jahr!< Beim Neujahrsspaziergang, per APP, am Telefon, auf Zuruf von Balkon zu Balkon. – Und dann spulten sich die Tage des Januars, des Februars ab, wie gewohnt unauffällig, austauschbar, eben so. Es gab die gewohnten Highlights des beginnenden

Jahres, Bälle und Charity. Dabei war das Wetter gemischt, Sonne wechselte mit Sturm und Regen.– –– *Mit dem 1.März ist schlagartig alles anders.* Es mutet an wie Krieg! Im Supermarkt gähnen dich leere Regale an. "Sie kenne ich, wir sind uns vorhin beim Discounter auch schon vor dem Nudelregal begegnet." Beim Seifenmarkt werde ich Zeuge einer handfesten Kabbelei. Eine Kundin ist definitiv der Meinung, der Kunde vor ihr müsse von seinen drei Packungen Irgendwas mindestens eine abgeben, weil sie selbst nur noch eine bekommen hätte. Was ist geschehen, dass die Menschen in Deutschland Klopapier, Desinfektionsmittel und Mehl horten und die Franzosen Rotwein bunkern? Immerhin, so verschieden sind wir doch! – Eine weltweite Pandemie ist ausgebrochen! Ein nano-kleines Virus „Covid 19" ist in China gestartet, ist in Österreich Ski gefahren, hat deutsche Karnevalsstädte erobert und ist mit den umtriebigen Menschen über den Globus gereist, um sich überall auf der Welt mit menschlichen Wirten zu vergnügen. Die Zahl der Infizierten und

Toten stieg unaufhaltsam an. Im Frühjahr hatten wir den ersten Lock-Down. Gibt es ein deutsches Wort? Alle Geschäfte und Sportanlagen – außer Lebensmittelmärkte – schlossen, Menschen wurden zu Kontaktverzicht aufgefordert. Corona beherrscht Tv und Nachrichten. – Nach 49 Tagen ist der Lockdown beendet, aber wir tragen jetzt alle und immer Atemschutzmasken. Kontakte sollen so gering wie möglich bleiben. Darum fallen Runde–Geburtstags–Partys genauso aus, wie Hochzeiten und große Beerdigungen. Reisen sind unter Auflagen erlaubt. – Bis sich im November zeigt, dass alles noch schlimmer geht. Absoluter Lockdown, teilweise Ausgangssperre, Maskenpflicht-29000 Neuinfizierte pro Tag! Weltweit Tausende von Toten. – Impfstoff wird in rasant kurzer Zeit erforscht und zugelassen. Ende Dezember sollen die ersten geimpft werden. Niemand weiß, wie es weitergeht.. Weltweit liegt die Wirtschaft flach, Unternehmen der Medizinforschung boomen an der Börse, kleinere Firmen gehen pleite, keine Kultur, kein Sport, keine Kontakte, die totale Entschleunigung! –

Und wieder war Silvester,..... Was wird 2021 bringen? Verschlafen hat dieses Mal niemand, denn große Feiern und Feuerwerk sind verboten. Kann 2021 ein gutes Jahr werden? Ich wünsche es uns allen von ganzem Herzen – und bleiben Sie gesund! Lassen Sie uns fest daran glauben, dass wir diese Prüfung bald hinter uns lassen...

Online-Queen

„Schatz! Es hat geklingelt! Dein privater DHL-Bote ist wieder da!" – Er meint das nicht wirklich lustig, denn die Einkäufe seiner Frau irritieren ihn zuweilen. Seiner Ansicht nach braucht sie eigentlich nichts. Er unterstellt ihr ein gewisses Maß an Kaufsucht. Jedes Mal, wenn wieder ein Paket von irgendeinem Online-Handel eintrifft, fragt er sich, ob das alles so in Ordnung ist. – Sie ist inzwischen froh, wenn der Bote zu Zeiten liefert, in denen ihr Angetrauter nicht im Haus ist. Die entleerten Pappschachteln entsorgt sie jedes Mal umgehend, so dass sie praktisch nicht in Erscheinung treten. – Früher fuhr sie regelmäßig „in die Stadt", wie man das hier im Vorort nennt. Gemeint ist die Hamburger Innenstadt, rund um die Alster. Dann bummelte sie stundenlang durch Geschäfte, schaute hier und dort. Wieder zu Hause wurde alles sofort noch einmal anprobiert und ausprobiert. Wenn sich dann herausstellte, dass die Hose doch in der Farbe nicht ganz passte, der Kerzenleuchter sich in gleicher Form schon im Schrank befand, suchte sie nach dem nächsten Termin, um alles umzutauschen. So wurde der Einkauf häufig recht teuer, zumal die Parkgebühren in der Innenstadt inzwischen an Raub grenzen. Seit sie nun, schon vor Corona, den Interneteinkauf entdeckt hat, spart sie Parkmillionen und Benzinkosten. Sie liebt das riesige Angebot und findet den Gang in die City nicht mehr spannend. „Mainstream", sagt sie abfällig, obwohl sie weiß, dass diese Haltung für die kleinen Geschäfte das Ende bedeutet. „Im Netz bekomme ich ganz andere Sachen für weniger Geld". Und so kommt es, dass sie stundenlang am Computer sitzt und Angebote recherchiert. Sie ist über die Offerten ihrer bevorzugten Händler bestens informiert. Sollten die Objekte der Begierde nicht passen, werden sie kostenlos retour geschickt. Auf dem gleichen Weg gehen auch Sachen, die sie nicht mehr braucht, zurück in den Handel. Ebay und andere Online Plattformen ermöglichen einen Secondhandverkauf von Begehrtem zu kleinen Preisen. Umweltfreundliche Nachhaltigkeit. Damit beruhigt sie ihr Gewissen, denn ihr ist die erhöhte Umweltbelastung durch Paketverkehr durchaus bewusst. Inzwischen hat sie bundesweit Bekanntschaften geschlossen, mit Frauen, die kaufen und verkaufen. Man vertraut einander und pflegt freundliche Kontakte. Die Pakete werden teilweise so schön verpackt, dass für die Adressaten das ganze Jahr über Weihnachten ist. – „Heute drei Pakete!" ruft den Bote fröhlich. Hoffentlich hat ihr Liebster das nicht gehört! Rasch entschwindet sie mit der Lieferung. Sie hofft, dass er nicht fragt, wer geklingelt hat, denn Lügen ist genauso nervig wie diese ständigen Diskussionen. – Er ist ja nur ein Mann und – es gibt eben Dinge, die können Männer nicht verstehen.

Wie Robinson Crusoe, allein auf einer Insel..

Wie lange kann man es ohne seine gewohnten Kontakte aushalten? Wir sind ja nicht alle Robinson Crusoe, der allein auf einer Insel lebte. Na ja, auch nur vorübergehend, denn dann bekam er einen Gefährten, den Freitag. Nein, die meisten von uns sind wohl eher Robinsons der modernen Art, in Gesellschaft sieben anderer am Achtertisch. Manche ziehen sich zwecks Entschleunigung und Selbstbesinnung für gewisse Zeit ins Kloster zurück. Dort leben sie ohne E-Mail, Handy und Facebook ein paar Tage oder auch Wochen unter sehr spartanischen Bedingungen allein. Ganz bewusst verzichten sie auf Außenkontakte. Wohlwissend, dass sie mit Ablauf des Aufenthalts sofort an ihr normales Leben anknüpfen können. Anders verhält es sich in diesen Zeiten des erzwungenen und verordneten Kontaktverbotes und Shutdowns. Mit kurzer Unterbrechung sind wir im März seit einem ganzen Jahr diesem Zustand ausgesetzt. Im Unterschied zur selbst gewählten Einsamkeit ist dieses erzwungene Alleinsein für viele zu einem unerträglichen Zustand geworden. Jeder geht damit anders um. Für Singles, die sich ihr soziales Netz gewoben haben, die gewohnt waren, jeden Tag zu gestalten, ist es besonders schwer. Yogakurse, Malklassen, Schreibgruppen fallen momentan ebenso aus, wie Friseurbesuche, Fußpflege und Massage. Sie müssen sich auf Telefonieren oder Mailen beschränken, was sich nicht wirklich so anfühlt, als wäre man in eine Gemeinschaft eingebunden. Auch für Senioren, die regelmäßig in ihren Treffpunkt gehen konnten, wirkt sich diese Kontaktarmut verheerend aus. Ihnen fehlt auch das bisschen Körperkontakt, das ihnen noch geblieben ist. „Bitte nimm mich doch einmal in den Arm", bittet die Mutter ihre Tochter, als diese ihr Lebensmittel bringt. Da stehen die beiden mit Mund-Nase-Maske, halten die Köpfe voneinander weggedreht und umarmen einander. Das tut gut! Auch das Haareschneiden hat die Tochter übernommen. Was machen die, die keine Kinder in der Nähe haben? Wahrscheinlich sieht manch einer am

Ende des Shutdowns Robinson Crusoe sehr ähnlich. Aber auch Berufstätige leiden in diesen Zeiten. Homeoffice ist für manche nicht das, was an der Arbeit Freude macht. Dazu gehört der Arbeitsplatz genauso wie der Kollegenkontakt. Kitas sind geschlossen. Mütter erfreuen sich, während sie im Homeoffice ihre Arbeit erledigen müssen, der Anwesenheit ihrer Kinder. Die haben, besonders wenn sie noch klein sind, zuweilen wenig Verständnis dafür, dass sie stundenweise abgemeldet sind. Wohl den Eltern, die ihren Nachwuchs zur Einhaltung von Regeln erzogen haben, die ihm jetzt sagen können „du arbeitest eine Stunde im Malbuch, ich am PC. Wenn der Wecker klingelt, dürfen wir beide wieder reden." Es soll Kinder geben, die das können, kaum zu glauben. – Bevor der nächste Winter und neue Infektionsgefahren nahen, sollte jeder ein Konzept haben, wie er einen möglichen neuen Lockdown verbringen möchte. Vielleicht rechtzeitig auf eine einsame Insel fliehen und auf einen Freitag hoffen?

Aus dem Ruder!

Deine Margueriten blühen ja! Geranien und Jasmin auch! – Natürlich sind das keine Frühblüher! Weiß man doch. Sie haben von letztem Sommer bis zum 2.Februar geblüht. Was sagt uns das über das Klima? Ist die ganze Welt verrückt geworden? Die Temperaturen im Norden der Republik waren zu Beginn des Jahres eher frühlingshaft, während im Süden Schnee ohne Ende fiel. Heute, am 7.2. hat es sich total verkehrt. Im Süden sind 14° + und hier im Norden frieren wir uns den Hintern weg, bis über Hannover hinaus herrscht Schneechaos!
Da leuchtet es doch ein, dass so kleine Blümchen am Rad drehen und nicht mehr wissen, wohin mit sich. — Ich habe Bilder aus Brasilien gesehen. Da wissen sogar die Menschen nicht wohin mit sich. Und weil sie das nicht wissen, rennen sie alle an die Strände. Copa Cabana – das war immer so. Es fehlt nur noch das Lied von Machère. „Strand gehört hier einfach zum Leben", kommentiert der Reporter. Na toll! Für uns gehören Treffen mit

Freunden auch zu unserem Leben, aber gehen wir deshalb einfach hin oder lassen sie kommen? Wir werden gerade von einer Art Pest dominiert. Ja, Corona ist wie die Pest, weil sein Virus uns genauso im Würgegriff hat, wie damals die Pest die Leute dahin raffte. Wir haben einen totalen Shutdown und versuchen uns zu wehren und die in Brasilien tummeln sich zu Tausenden frei von Klamotten und Masken am Strand. – Aber was rege ich mich auf! Das ganze Dasein hat doch mit Disziplin und Selbstdisziplin zu tun. Da, wo diese Fertigkeiten fehlen, fehlt es auch an vielem anderen. Vielleicht geht ein Leben voller Disziplinierung zu Lasten der Lebensfreude oder auch der Leichtigkeit. Ist man bereit, sich zu beschränken und Regeln zu befolgen, nimmt man automatisch Einbußen anderer Art in Kauf. Von nichts kommt nichts und alles hat eine Ursache. Die Möglichkeiten, diszipliniert zu leben, hat heute fast jeder. Sich an Regeln halten, kostet nichts. Sich um die Familie kümmern, sollte selbstverständlich sein. Nachbarn zu helfen ist keine Frage. Nur die Anzahl von Kindern in die

Welt zu setzen, die ich bewältigen oder ernähren kann, sollte Grundsatz sein. Und so weiter... Ja,ja! Sollte, müsste, könnte – alles Konjunktiv! Heißt, es gäbe die Möglichkeit, falls.....– Hat das womöglich mit Bildung zu tun? Vielleicht feiern diese jungen Leute ja nur ihre geheimen Parties in Kellern, weil sie in der Schule nicht aufgepasst haben? Womöglich rennen die Brasilianer nur deshalb an die Strände, weil über der Copa Cabana ein großes Funkloch ist und keine Schulpflicht herrscht? Ich kenne mich damit nicht wirklich aus. Ich versuche mir nur zu erklären, warum meine Geranien im Januar noch geblüht haben. Vielleicht haben die das einfach nicht gelernt, dass im Herbst Schluss mit lustig ist. Was lerne ich daraus? Wenn schon die Geranien völlig aus dem Ruder laufen, wird Corona noch andauern.

Frühling, Frühling,...fällt aus.

Was so ein bisschen Sonne ausmacht! 15° im Februar – nicht zu glauben! Die Menschen schauen ganz anders aus ihren Gesichtern. Überall Lächeln, Freundlichkeit und Scherze. Noch vor einer Woche waren wir bei 10° – und brauchten dicke Handschuhe. Man mag es ja nicht wahrhaben wollen, aber die meisten von uns sind stimmungsmäßig vom Wetter abhängig. Was macht so ein Temperaturunterschied von 25° mit uns? Legt sich die Sonne ausnahmsweise schon im Februar einmal so richtig ins Zeug, drehen selbst wir Hamburger durch vor Lebenslust. Hat man so was schon erlebt? Manche diskutieren den Klimawandel und es mangelt nicht an Gesprächsstoff. Aber: Ja, so was hat man schon öfter erlebt, sogar, als vom Klimawandel noch keiner sprach. Ich erinnere ein Jahr, es muss in den 1980ern gewesen sein, da bin ich am 1. Februar bei herrlichstem Sonnenschein mit offenem Verdeck Auto gefahren. Das typische Hamburger

Schmuddelwetter hingegen stürzt so manchen in eine Sinnkrise oder an den Rand einer mittelschweren Depression – sofern er kein echter Hamburger ist. Allerdings härtet das Klima andere offenbar deutlich ab. Als unser irischer Austauschschüler im Hamburger November bei 3° im T-Shirt das Haus verlässt, können wir nur ungläubig den Kopf schütteln. Er findet es warm. Aber wenn es dann im März mal wirklich schön ist, können manche das nicht genießen. Diese Miesmacher dämpfen die Hochstimmung mit düsteren Prognosen. „Deine Hornveilchen werden dir erfrieren. Es kommt bestimmt noch wieder Frost." „Aber die Bienen machen sich schon bereit.." „Ich bin sicher, das sind nur ein paar Gestörte. Die werden sich nicht den Hintern abfrieren wollen." „Und die Kraniche sind schon zurück!..Ich habe heute einen Schwarm von mindestens 150 Exemplaren gesehen.." „Kraniche! - Du wirst sehen, das Wetter bleibt nicht so, kann es ja gar nicht. Also freu dich nicht zu früh." Dass es Frühling wird, weiß ich ganz genau, Prognosen hin oder her. Ich bin getestet und habe nicht Corona. Aber mir läuft die Nase ohne Unterbrechung, die Augen tränen, der Hals ist rau. Ich niese, was das Zeug hält und fühle mich grippal. Sie sind auch allergisch? Dann wissen Sie ja, wovon ich rede. Aber den Frühling liebe ich trotzdem! – Oder zumindest das, was ich dafür halte. Denn die Erfahrung hat gezeigt, dass so manches Jahr diese Jahreszeit einfach ausgelassen und nach einem langen Herbst (bis Februar!) gleich den Sommer eingeläutet hat. So etwas wie einen Übergangsmantel braucht heute kein Mensch mehr.

Nicht ohne mein Auto!

Schreib doch mal wieder was Lustiges in dieser nervigen Zeit, wünscht sich mein Mann. Versteh ich ja, aber...
Seit 35 Jahren hat er sein Labor in dieser Straße. Seit dem kennt er die Bäckerin, die Blumenfrau, den Arzt, die ebenso hier ansässig sind mit ihren Betrieben. Jetzt braucht man als Anwohner eine Parkberechtigung für den PKW. Ja, denkt man, was ist daran schlimm? Nix! Nur, dass die Gewerbetreibenden kein Anrecht auf diese Parkscheine haben. – Häh?– Ja, genau. Wo lässt die Bäckerin nun ihre Lieferfahrzeuge, die Blumenfrau ..– Das gilt z. B. in Berlin auch für Menschen die dort einen Zweitwohnsitz haben. Sie müssen jedes Mal, wenn sie in die Stadt kommen wollen, zuvor eine Anwohner-Parkberechtigung beantragen. –!– Was sich hier als Egosalto der Bürokratie zeigt, ist nur Teil eines die Städte bestimmenden Problems: Das Parken einer Übermenge von Autos. Noch immer ist das eigene Auto Ziel der meisten 18jährigen.

Eine Familie mit zwei erwachsenen Kindern kommt nicht selten auf 2-3 Autos. Bei 8 Wohneinheiten pro Haus, ergeben sich also mindestens 18 fahrbare Untersätze. Wie sollen die am Straßenrand Platz finden, wenn sich ein Wohnblock an den nächsten reiht??

Gegenden mit mehrgeschossigen Wohnhäusern sind für Besucher und Anwohner daher oft ein Alptraum, was das Parken betrifft. Mancher benutzt sein KfZ lieber gar nicht erst, damit ihm der Parkplatz erhalten bleibt. Auch eine umweltfreundliche Lösung. Besucher geraten nach 20 Minuten des Cruisens in Verzweiflung und stellen ihr Auto genervt und erschöpft irgendwo ab. Ein kostenpflichtiges Ticket ist ihnen sicher, denn was immer wieder verwundert, die, deren Job es ist, Falschparker zu belangen, sind prompt zur Stelle. Haben die Spione, die pro Auto mitverdienen?

Das Einparken ist an sich ja schon ein Thema. Moderne Autos haben eine elektronische Einparkhilfe. Wohl dem, der wenigstens ein Warn-Piep-System sein eigen nennt. Wer noch mit Hilfen wie „neben dem Hinterrad eines geparkten Autos stark einschlagen" ist bei kleinen Lücken gefordert. Hinzu kommt unser Verlangen, möglichst genau vor der Haustür unseres Ziels zu parken. Dieser Drang kann lustige Formen annehmen. Wenn auf dem Parkplatz eines Golfplatzes vor einer frei werdenden Parklücke neben dem Eingang eine Drängelei um dieselbe entsteht, wundert das den Betrachter schon. Weiß man doch, dass die Golfer hierherkommen, um in 4 bis 5 Stunden 12 bis 14 Kilometer im Spiel mit den kleinen weißen Bällen hinter sich zu bringen. Dass dann die paar Meter zur nächsten Parklücke zu weit werden, muss man schon verstehen...

Ob ihm das lustig genug ist?

Auch wenn die Ohren zu lang sind!

„Kommt Mädels, macht mal! Die müssen ja auch noch trocknen und wir sind spät dran! Morgen ist Ostern. Und ich muss die ganzen bunten Dinger noch zustellen." Der Osterhase zieht seine Atemschutzmaske zurecht. „Scheißkurze Gummis! Hab da echt Probleme mit den Ohren. Auf die Hilfe von Zustelldiensten kann ich dieses mal nicht zählen. Die haben wegen Corona sowieso bis ans Limit zu tun." – Wäre es nicht schön gewesen, wir hätten ein Osterfest en famille feiern können? Die Oma hätte die neue Freundin ihres Enkels endlich kennenlernen können. Die Mutter hätte Sohn und Schwiegertochter nach Monaten endlich wiedergesehen. Bestimmt hätte die Sonne geschienen und alle wären an Elbe oder Alster spazieren gegangen. Viele wären an die See gefahren und hätten den Osterspaziergang am Strand genossen. Die Cafés wären geöffnet, der Duft von frischem Apfelkuchen zöge einem in die

Nase. Kinder würden glücklich mit der ersten Eistüte vom Softeiswagen kommen.

Manche würden Freunde zu sich in den Garten einladen und die Kinder hätten damit zu tun, die bunten Ostereier in den Büschen zu finden. „Ich hab eins!!! Opa, hilf mir mal! Ich komm nicht dran!" – Ja, so war das damals, als wir das Wort „Lockdown" noch nicht kannten und hier auch nicht brauchten. – Seit über einem Jahr stehen wir unter der Knute eines Micro-Scheißerchens namens Corona-Virus, der inzwischen zig Abarten gebildet hat, die womöglich noch fieser sind, als er selbst. Ein Virus regiert die Welt! Tausende von Toten zeugen davon, wie sehr wir ihm unterlegen sind. Geschäfte bleiben geschlossen, niemand darf mehr ohne Atemschutzmaske auf die Straße. Büros und Schulen bleiben geschlossen. Die Menschen machen „homeoffice" und „homeschooling". – Hätte man uns das früher erzählt, hätten wir es wahrscheinlich unter Abwinken belächelt. „Red' du man! Alles Science-Fiction!" Nun wurde dieser Wahnsinn wahr. – Wenn zwischendurch die Sonne scheint, könnte man glatt vergessen, was Sache ist. Erst wenn einer sagt: „Lasst uns doch heute im Biergarten essen gehen", kehrt man auf den Boden der Tatsachen zurück. Morgen ist Ostern, nicht nur Hochsaison für den Hasen, in erster Linie natürlich ein christliches Fest. Ob Gottesdienste erlaubt sind? Oder laden die Kirchen über Funk-, Fernsehen und Internet zum Teilnehmen ein? – Nun können wir jammern und klagen, weil alles so ein Mist ist. Aber das würde nichts ändern, außer, dass wir uns noch blöder fühlen. Versuchen wir uns darauf zu freuen, dass Corona es bei Wärme schwerer hat. Und es wird jetzt Frühling! Die meisten haben sich nicht angesteckt und sind froh. Die, die es erwischt hat, sind hoffentlich bald wieder genesen. Und im nächsten Winter sieht es schon besser aus, wenn dann möglichst viele geimpft sind. – Nun schnell ! Es ist nur noch bis morgen Zeit! Der Osterhase zupft an der Maske, die ihm schon wieder über die Augen gerutscht ist. Diese Ohren!

Beim Spielen geht's um mehr!

Spielen? Wie jetzt? – Zahlreiche erwachsene Menschen treffen sich mit Freunden zum Spielen. Welcher Art diese Spiele sind, hängt von den persönlichen Vorlieben ab. Sobald es sich um Karten- oder auch Würfelspiele handelt, kommt es nicht nur auf die Geschicklichkeit oder Intelligenz der Mitspieler an. Die Glücksfee hat hier ihre Finger im Spiel. Wem sie gewogen ist, dem ist das Misstrauen und der Neid der anderen gewiss. Der schon wieder! Immer seine Zahlen! Soviel Glück ist echt ne Zumutung. Da kann man ja gleich einpacken. Zuweilen geht es hoch her. Nicht jeder kommt mit seinem Frust klar. Nicht jede ist eine gute Verliererin. Hans und Grete spielen gern abends Rommee. Seit Tagen verliert Grete. Ihre Karten passen nicht zusammen. Jede neue Runde schafft Hoffnung, um dann doch wieder ein Ausfall zu sein. Kaum hat Hans seine Karten aufgenommen, kann er schon sechs davon auslegen. Zwei Joker sind dabei eine gute Hilfe. Grete hat schon seit Tagen keinen Joker mehr gesehen. Langsam verliert sie die Lust. Hinzu kommt ein gewisses Quantum an Überheblichkeit bei Hans, der es genießt, zu gewinnen. Als er wieder in Siegeserwartung die Karten auf den Tisch schnappen lässt, erträgt Grete es nicht länger und – wusch! – schmeißt sie ihm ihre Karten vor die Füße. Hans findet das unglaublich daneben und zieht sich maulend zurück. Grete findet es total verständlich, dass sie die Nase voll hat. – Dabei kennt Hans das Gefühl genau. Regelmäßig spielen sie mit Freunden „Siedler". Wie das passieren kann, ist unergründlich, aber Fritz gewinnt nahezu immer. Beim Würfeln kommen regelmäßig seine Zahlen. Immer hat er Häuser an den gewürfelten Feldern, so dass er zahlreiche Kärtchen einheimst und damit viel machen kann. Wenn er Karten austauschen will, spielen die anderen drei gegen ihn. Keiner hilft ihm. Manchmal geraten die Mitspieler einander in die Haare, weil einer dem anderen vorwirft, ihn nicht ausreichend blockiert zu haben. „Ja, bist du denn blöde?! Das ist doch strategisch total bekloppt, was du da machst!" „Ich kann doch!

Und spielen, wie ich will ich möchte auch Häuser bauen und nicht nur Fritz behindern!" „Ja, und genau das ist doof. Du hast sowieso keine Chance. Da solltest du ihn wenigstens beim Siegen stören!" – Schon Kinder können schwer verlieren. Immer wieder dreht eines durch, weil es beim „Mensch ärgere sich nicht" gerade vor dem Ziel herausgeworfen wird. Dann lernt das Spielebrett fliegen und die Hütchen schwirren durch den Raum. Das ist der Grund dafür, dass bei den Gelben eines nicht wiedergefunden wurde und nun ein gelber Knopf den Ersatzspieler gibt. Kinder und Erwachsene nehmen Spielen absolut ernst. Und was deshalb gar nicht hilft: Is doch nur'n Spiel! – Hier geht's doch nicht um Leben oder Tod! – Näh, es geht um mehr.

Elli, bist du das?

„Du, da gibt es ein tolles Busreise-Angebot. Wollen wir nicht zusammen nach Paris fahren?" Sie kennen sich schon lange, aber gemeinsam verreist sind sie noch nie. Inzwischen sind sie über achtzig und beide allein. Sie findet die Idee gut, aber sie zögert, ein Doppelzimmer zu buchen. „Wollen wir nicht jeder ein Einzelzimmer nehmen?" fragt sie. „Ach nö, das wird mir zu teuer und außerdem ist es doch schön, wenn man sich abends noch unterhalten kann." Trotz ihrer Vorbehalte willigt sie ein. Die Busfahrt überstehen sie gut. Günstig ist, dass sie Plätze vorn haben. So sind sie immer schnell aus dem Bus, wenn Pausen eingelegt werden. In diesem Alter bedeutet Aufstehen oft auch sofortigen Harndrang. In ihrem Hotel am Stadtrand von Paris bekommen sie ein schönes, helles Zimmer. Während die eine an der Rezeption noch einiges erfragt, packt die andere schon mal aus. Sie stellt das Regal im Bad mit ihren Sachen voll und denkt >Na, das reicht ja grad aus.< Dann legt sie sich für ein Schläfchen ins Bett. Die Kleidung will sie später einräumen. Die andere schaut sich um. Der gesamte Raum ist übersäht mit Kleidern, Röcken und anderem, was ein Koffer so hergibt. Da die Bekannte schläft, bemüht sie sich, leise zu sein. Als sie das vollgestellte Regal im Bad sieht, steigt Unmut in ihr hoch. „Wohin soll ich meine Sachen tun? Glaubt sie, sie ist hier allein?" denkt sie. Unverrichteter Dinge geht sie an der Schrank. Es gibt sechs Bügel und drei Fächer. Sie öffnet leise ihren Koffer, benutzt drei Bügel und belegt ein Fach. Der Rest bleibt im Koffer. Später fragt sie: „Könntest du mir ein wenig Platz im Bad machen?" Die andere ist peinlich berührt. „Entschuldige, Elli! – Ich hab nicht bedacht, dass wir ja zu zweit sind! Wenn man allein lebt, hat man so seine Marotten." – Das Einschlafen ist schwer, wenn die Bettnachbarin sich von einer Seite auf die andere wirft und dabei schnarcht wie ein Pferd. Man muss auch nicht überempfindlich sein, um sich beim Aufwachen von einem rosafarbenen Korsett angemacht zu fühlen, das sich lasziv auf dem Sessel räkelt.

„Elli, bist du das oder ist das nur deine Wäsche?" Da sind die Zähne in dem Glas auf dem Tisch schon eine andere Nummer. Wer als Zweiter ins Bad geht, wird sich nicht an den dunklen Haaren in der Dusche erfreuen, verkneift sich aber besser die Frage: „Herta, brauchst du die noch oder können deine Haare in der Dusche weg?" – Nach dem gemeinsamen Frühstück muss abgesprochen werden, wer zuerst das WC benutzen darf. Erste oder Zweite – beides hat bekannte Vor- und Nachteile. Ansonsten verstehen sie sich gut auf dieser Reise. Zu zweit ist eben vieles schöner, als allein. Das nächste Mal allerdings nur all das, was außerhalb des Hotel-Zimmers stattfindet. Einzelzimmerzuschlag muss einfach drin sein, wenn man im Alter auch nach einer Reise noch befreundet sein will. – Haben wir das in jungen Jahren entspannter gesehen?

Ein Freund ist für dich da

Auf die Frage „Hallo, wie geht's?" erwartet niemand eine ehrliche Antwort. Sie ist oft eine hohle Floskel, reine Konversation. Deshalb hört man auch kaum hin, wenn die übliche Antwort „Danke, gut!" ertönt. „Gut" – genau. Was auch sonst? Ist es wirklich mal ein „Ach, nicht so gut", fühlt man sich unbehaglich und genötigt nachzufragen. Aber interessiert es einen wirklich, welche Befindlichkeit den Anderen bewegt? Doch nur dann, wenn man bereit ist, sich darauf auch einzulassen. – Ein Lebens-Tag folgt dem anderen. Solange sich keine wesentlichen Einschränkungen aufdrängen, verfallen wir gern in eine Art Gleichförmigkeit, die uns nicht glücklich macht, die aber auch nichts anrichtet. Eine indifferente Stimmung von „nichts Besonderem" bestimmt häufig unser Befinden. Um dieses aus der Balance zu bringen, reicht dann allerdings schon ein kleiner Schnupfen oder ein Ziehen im Rücken, alles nicht schlimm, doch lästig. Manche Diagnose jedoch, polarisiert unser Leben von Grund auf neu. Eine schwere Erkrankung ist wie ein Urteil, gegen das Einspruch nicht möglich ist. Von jetzt auf gleich gehen die Uhren anders. Du stehst mit dem Rücken zur Wand, kannst diesem Urteil nicht entkommen. Anfreunden wirst du dich damit nicht, aber du musst es ertragen. Von dem Moment der Bestätigung an wird die Diagnose dein Lebensbegleiter. Dein gesamter Fokus verschiebt sich. Bei allem, was du tust oder lässt, schleichen sich die Gedanken an deine Krankheit dazwischen. Sie ist permanent präsent. Sie sitzt mit am Tisch. Alles, was du planst ordnet sich ihr automatisch unter. A. Keil sagt „Die Liebe zum Leben braucht auch den Mut es zu wagen."(Zit) Das ist so richtig! Dennoch – du kannst noch so positiv eingestellt, noch so optimistisch sein, über dein Dasein bestimmt ihr jetzt zu zweit, du und deine Krankheit. Mit solchen Fakten geht jeder anders um. Du kannst den Feind in seine Schranken weisen: Ich weiß, dass du da bist, aber du kriegst mich nicht klein. – Du kannst ihn annehmen und akzeptieren. Nichts davon ist leicht. Du willst der Krankheit keinen Raum geben, mancher mag das Verdrängung nennen, aber wenn du das richtig findest, ist es das. Wie du auch handelst, sei dankbar für all das Gute, das du hattest. Vertu keine Zeit mehr. Verschiebe nichts mehr auf irgendwann. Gönn dir jetzt, was du möchtest. Eines ist sicher, der Gruß „Hallo, wie geht's?" hat von jetzt an eine andere Bedeutung. Wenn dir so ist, sei ehrlich, auch wenn das für dein Gegenüber unbequem ist. Gib zu „Es geht mir nicht gut." Du wirst sehen, ein Freund fragt nach. Über Ängste sprechen, gemeinsam hoffen, glauben... Du bist nicht allein.

Älter werden, das ist lustig, Älterwerden, das...

Vater ist völlig genervt am anderen Ende des Telefons: „Hier spukt es!", sagt er, „Stell dir vor, hier stehen plötzlich Gläser im Schrank, die deine Mutter gar nicht kennt. Sie sagt, die hat sie nicht gekauft. Ich kann mir das nicht erklären." „Ach, man darf auch mal was vergessen," versucht die Tochter zu trösten. Er ist erbost: „Wir sind zwar alt, aber doch nicht bekloppt!" – Ein paar Tage später ruft die Mutter an. „Stell dir vor, erst sind da Gläser, die wir nicht kennen, nun fehlt hier ein Topf. Ich weiß genau, dass ich so einen kleinen mit Stiel hatte.– Hast du den vielleicht mitgenommen?" „Mama!" Die Tochter ist nun ärgerlich. „Ich nehme doch nichts aus deinem Schrank!" Später meint sie sich zu erinnern, dass vor Monaten die Rede davon war, dass Mutters Wassergläser beschlagen waren und ersetzt werden müssten.. Irgendwann sind dann wohl Neue in den Schrank gewandert. Nur gesprochen hatten sie darüber nie mehr – bis jetzt. Den Topf hatte die Mutter vor Wochen entsorgt. Daran konnte sich die Tochter noch sehr gut erinnern. Das beruhigte ihre Mutter jedoch wenig, hatte sie selbst es doch total verdrängt. Es dauert nicht lange, bis die nächste Ungereimtheit geschieht. Mutter ist am Telefon. „Ich glaube, ich werde gerade verrückt!" klagt sie. „Jakob war zu Besuch. Nachdem er gegangen war, putze ich das Bad und finde Lotti Boschion auf dem Waschbecken!" „Wer zum Teufel ist Lotti Boschion, Mama,– und was macht die auf deinem Waschbecken?" „Kind, veralbere nicht deine alte Mutter. Es ist alles schlimm genug. >Body Lotion< natürlich, gelbe Flasche, halbleer und geöffnet. – Hab ich nie gesehen! Ich kaufe nur weiße Flaschen, die passen besser zu den Kacheln. Und jetzt kommt's: Meine neue, weiße Flasche, die im Schrank stand, die ist weg!" „Mama, vielleicht hat Jakob sich vertan und aus Versehen deine Weiße statt seiner Gelben eingesteckt:" „Wie? Ist der jetzt farbenblind?" fragt die Mutter empört. „Tja," mehr möchte die Tochter lieber nicht dazu sagen. „Ach, Kind, Älterwerden ist nicht immer toll. Weißt du, was

Papa gestern passiert ist? Du glaubst es nicht! Sein Bruder fragt ihn, ob er seine Feuerversicherung schon mal genutzt hat. „Näh," hat Papa gesagt, „ich bin froh, dass ich die bisher nicht gebraucht hab." Weißt du, was der Paul da sagt? <Aber die Beiträge zahlt man ja trotzdem.> Ne, du,. man glaubt es nicht!" – „Die Ilse hat seit Wochen ihre goldenen Ohrstecker vermisst. Sie hatte sofort ihre Haushaltshilfe im Verdacht und sie auch zur Rede gestellt. Die war so empört, dass sie sofort gekündigt hat. Und stell dir vor, gestern zieht Ilse ihren blauen Blazer an, greift in die Tasche und findet darin die Ohrstecker. Tja, Shit happens. Schmuck wieder da, Haushaltshilfe weg. Ich denke, wir verbusseln alle mal was und am besten suchen wir bei uns selbst, bevor wir andere beschuldigen. „Ja, aber das macht einem ja Angst, wenn man sich so gar nicht erinnert." Die Tochter beruhigt ihre Mutter. „Das passiert auch uns Jüngeren, Mutti, es bedeutet gar nichts." – Wenn man älter wird, ist alles, wie es immer war, – nur anders.

Oberflächlich, na und ?

Liebster, du siehst toll aus, heute! Sie ist begeistert. Er hat sich rasiert, das Haar gewaschen und das schöne blaue Oberhemd zu einer cognac-farbenen Hose kombiniert. „Glatt zum Neu-Verlieben!" denkt sie. Nach zehn Minuten ist er weg. Männerabend. Vorbei der schöne Anblick. Sie freut sich, dass er Freunde hat, die er gern trifft. Trotzdem nervt es sie, dass er in der Gesellschaft seiner Frau, deutlich weniger Aufwand mit sich treibt. Da trüge er die Jeans eine Woche lang, wenn sie es nicht verhinderte.. Zwischendurch fletzt er damit auf dem Sofa herum oder bastelt im Keller. Seinen ausgeleierten Pullover, von dem man vermuten könnte, er sei noch aus D-Mark Zeiten, liebt er über alles. Zum Wochenendeinkauf, wirft er sich eine alte Steppjacke über und steigt in ausgelatschte Mokassins. Er denkt, das reicht. Weit gefehlt! Ihr reicht es! Sie findet, dass sie auch nach zwanzig Jahren Ehe erwarten darf, dass er sich Mühe gibt. Und die vom Mittagsschlaf ausgebeulten Jeans mit dem Portemonnaie in der Hecktasche sind nicht gerade das, was ihr Auge erfreut. Sie macht Stress, denn er zeigt sich wenig einsichtig. „Aber wenn du mit deinen Jungs unterwegs bist,.." mault sie, doch er ist schon um die Ecke. Sie weiß, dass mancher sie dieser Äußerlichkeiten wegen als oberflächlich bezeichnen würde. Sie findet aber, dass ein gepflegtes Erscheinungsbild wichtig ist. Schließlich braucht es nur wenige Sekunden, bis man sich ein Bild von einem Menschen gemacht hat und der erste Eindruck ist manchmal entscheidend, oberflächlich oder nicht. Sie nimmt es ja auch auf sich, dass es von Jahr zu Jahr morgens länger dauert, bis sie sich der Menschheit zumuten kann. Schon am Abend beginnt die Vorbereitung für den kommenden Tag. In die braune Nachtcreme mit planetarischer Erde von einem anderen Stern setzt sie große Hoffnung. Sie soll ein Faltenkiller sein. Ob die Feuchtigkeitscreme mit Jojoba Öl die Körperhaut an den kritischen Stellen tatsächlich elastischer macht? ‚German Wings' ist ja nicht nur eine

Fluglinie, wie Frau weiß und solange nur Orangen eine porige Haut haben, stört das Frau auch nicht. Nach gründlicher Reinigung (wovon eigentlich, wenn man doch nur sechs Stunden im Bett gelegen hat?) bekommt ein Fuder Meeresalgencreme den Auftrag, das Gesicht schön aufzupolstern. Diese Creme hat genau fünf Minuten Zeit, ihr Werk zu tun, bis ein Concealer doofe Flecken – das werden auch immer mehr!– überdecken soll. Unebene Stellen werden mit einem Filler verspachtelt. Dann kommt Grundierung drauf. Die ist mit Kaviar, der ihm allerdings auf dem Teller lieber wäre. Es folgt Frauchens Malstunde. Die fällt bei jeder anders aus. Zum Finish sprüht sie irgendetwas aus einer Flasche ins Gesicht, das das Kunstwerk fixiert..- Fertig! – Ach ne, die Frisur muss noch aufgehübscht werden. Ihr nächtliches Wühlen in den Kissen – das Haar wird auch immer dünner – hat Spuren hinterlassen. Was bei all dem Aufwand herauskommt, kann sich sehen lassen und er schaut sie nicht nur immer noch gern an, er ist auch ein wenig stolz auf sie, besonders, wenn er die Blicke anderer registriert. Er würde es nie zugeben, aber insgeheim fragt er sich, ob er seine Ansicht von Oberflächlichkeit vielleicht doch überdenken sollte.

Tollfinder – einfach mega!

Bei ihr ist immer alles mega. Egal, was sie unternommen oder erlebt hat, es war großartig. Das wäre nicht so schlimm, wenn sie anderes auch gelten ließe. Ist aber nicht. „Dieser Rosé ist einfach schlecht. Der geht gar nicht", findet sie., „der, den wir immer bei Luigi trinken, der ist klasse." Was willst du da sagen? „Dieses Zimmer ist eines 5***** Hotels wirklich nicht würdig. In Südafrika, da sind die Sterne noch was wert!" „Wir haben in USA wieder richtig zugeschlagen. Weißt du, in dieser Boutique in LA, da kann ich nicht dran vorbei. Guck mal, dieser Pullover zum Beispiel..." Du bist leicht in der Klemme, denn dir war zu dem Pulli schon was eingefallen, wie >gab es den auch in deiner Größe?< und >hatten sie nicht einen in neu?< Nun gib mal deine Meinung zu dem guten Stück preis! „Also meine Tochter hat ja so was von mega in ihrer Bachelorarbeit abgeschnitten! Aber sie will erst mal nicht weitermachen." _?_ Weil es für die Zulassung zum Master-Studiengang nicht reicht?

„Unsere letzte Kreuzfahrt in die Karibik war ein echtes Schnäppchen! Da kommt sonst kein Anbieter mit." Später erfährst du, dass sie Innenkabine hatten und dazu noch eine besonders Enge. Aber egal! Es war mega! – Manch einer ist irritiert bei soviel Euphorie, andere fühlen sich dazu berufen, zu kontern oder zu diskutieren. Es fragt sich, was Sinn macht. Offensichtlich brauchen die Tollfinder das Gefühl, dass sie ein super Leben haben. Nur vom Feinsten, nur das Beste, so muss es sein. Sie sehen am Ende wirklich nicht mehr die Realität, weil sie ihnen auch gar nicht wichtig ist. Das Feelgood System greift einfach besser, bei grundsätzlicher Lobhudelei. Und mal ehrlich, wäre es nicht schön, wenn manches besser ginge? Du denkst an den letzten Urlaubsflug mit der Billig-Line. Du bist schlank. Trotzdem war der Sitz eng für dich. Deine Knie stießen an den Vordersitz, dessen Rückenlehne dir in 20 cm Abstand jegliche Sicht nahm. Deine Platzangst setzte sofort ein, weil diese Lehne auch noch dunkelst blau war und für einen Extra-Eindruck von Enge sorgte.

Die Person neben dir hatte ihre 160 kg in den Sitz gequetscht und die Arme auf die Lehnen platziert, so dass du deine Sitzposition 45° nach rechts verlagern musstest. Es ging dir 2,5 Stunden nicht gut. Bei Ankunft warst du schweiß gebadet und übel war dir auch. Wärest du ein Tollfinder, hättest du dich gefreut, dass der Flug so billig war, dass er nur 2,5 Stunden dauerte und dass du durch die Nähe deines Sitznachbarn nicht gefroren hast. – Siehst du! War doch ein mega Flug!

Kleine Veränderung, große Wirkung!

Wer über 30 ist, hat sich wahrscheinlich nach seinem Geschmack eingerichtet. Das Leben läuft, mal gut, mal weniger. Ein Tag, ein Monat, ein Jahr folgt auf das andere. Einrichtung und Möbel geben den Rahmen dafür. Wir sind es gewohnt, morgens am Esstisch unseren Stammplatz einzunehmen. Zur Tagesschau hat jeder seinen festen Platz. Unser Alltag hangelt sich um Fixtermine. Eigentlich haben wir alles, was wir benötigen und wir sind zufrieden. Aber plötzlich ist da ein erster Funke, ein Funke, der Veränderung heißt. Er zischelt erst ganz leise. Aber mit der Zeit lässt er sich nicht mehr überhören. Aus dem Funken wird ein Bedürfnis. „Du Schatz, ich möchte im Wohnzimmer einen anderen Sessel haben. Der Alte gefällt mir nicht mehr. Außerdem ist er nicht bequem." – „Der hat dich zehn Jahre nicht gestört. Wieso jetzt? Wir brauchen keinen Neuen." Brauchen tun sie es nicht, das neue Möbel, aber wollen tut sie es. „Ich möchte einen neuen Sessel anschaffen", sagt sie und damit ist die Entscheidung gefallen. Lange Diskussionen würden unnötig im Kreis führen, denn sie weiß um seine Genügsamkeit. Er kennt ihre Hartnäckigkeit. Sie schätzt auch seine Sachlichkeit und Vernunft, aber in diesem Fall will sie gar nicht vernünftig sein. Sie möchte sich an etwas Neuem, Schönen erfreuen. Veränderung belebt den Alltag. „Mach, was du willst." Er gibt auf, wohlwissend, dass er keine Chance hat. „Möchtest du mal schauen, was ich mir vorstelle?" fragt sie. „Du machst das schon, Liebes. Ich brauche keinen neuen Sessel. Also suchst du dir aus, welchen du möchtest." Von der Fertigung bis zur Lieferung sind es drei Monate, die sie noch ausharren muss. Das Bedürfnis nach dem neuen Möbel schläft unterdessen ein wenig ein. Er hingegen recherchiert nun im Internet, um den Sessel zu sehen. Gespannt folgt er den Vorstellungen seiner Angetrauten, für die nur Bauhausstil in Frage kommt. Dann hat er ihn gefunden und muss zugeben, dass er wunderbar zum Vorhandenen passen wird. Immer noch drei

Wochen! – Hin und wieder wünschen wir uns Veränderung, Bewegung, eine Richtungsänderung in unserem Alltag. Diese kann unterschiedlichster Art sein. Frauen ändern üblicherweise eher ihre Frisur, als dass sie Möbel kaufen. Männer wälzen Autokataloge oder Werkzeugangebote. Manchen gelüstet es nach anderen Wandfarben. Andere nehmen sich vor, doch mal häufiger etwas zu unternehmen. Nur kein Stillstand, das scheint wichtig. „Lass uns nach dem Termin einen Umweg machen und mit der Fähre übersetzen, statt die Autobahn zu nehmen" schlägt sie vor. „Gute Idee," findet er, „das fühlt sich an wie Urlaub! Dann könnten wir gleich an der Elbe zu Mittag essen ?" – Sie strahlt ihn an: „Wir haben es gut, oder?" – Auch kleine Dinge können große Wirkung zeigen. – Auf den Sessel warten sie noch."

Wir hätten manchmal gern mehr Zeit –

Über 30 Jahre hatten sie sich nicht gesehen. Einst waren sie Schulfreundinnen gewesen. Hatten den größten Quatsch zusammen gemacht, hatten Lehrer hochgenommen und ihre Pubertät gemeinsam ertragen. Hatten Schönheitsprobleme gewälzt, hatten versucht, Locken zu glätten oder welche zu zaubern. Hatten studiert, den Traummann geheiratet. Hatten Kinder bekommen, sich in der Krabbelgruppe mit anderen getroffen. Das Leben verlief nicht immer geradeaus. Es gab Kurven, Umleitungen und Sackgassen, es bescherte ihnen neue Ziele, andere Kontakte, so dass sie sich schließlich aus den Augen verloren. Da waren sie noch nicht 40. – Mit 70 trafen sie sich wieder. Als hätte es nie eine Pause gegeben, verstanden sie sich sofort, konnten nahtlos an früher anknüpfen. Sie freuten sich, einander wieder gefunden zu haben und nahmen sich fest vor, sich regelmäßig zu sehen. Sie hatten einen Mordsspaß, sich an ihre Jugend zu erinnern. „Weißt du noch – da gibt es dieses

Foto! – wir sahen so bescheuert aus – Prustendes Gelächter! Auch mit über 70 kann man noch herrlich albern sein. „Oder damals, als wir auf Studienreise waren, Frau X!" „Weißt du noch, wie du „Blöde Ziege!" hinter ihrem Rücken gezischt hast?" „Jaa! Und sie drehte sich um, weil sie das gehört hatte! Oh, war das peinlich!" Prust! – Sie wollten sogar eine Rommee-Runde mit einer weiteren Freundin einrichten um sich regelmäßig zu treffen. – Dann stellte sich heraus, dass die eine schwer krank war. Ihr Krebs war zurückgekommen. Zurückgekommen mit solcher Wucht, dass ihre ganze Hoffnung in einer weiteren Therapie lag. Allein das Spiel mit der Hoffnung ging nicht auf. Sie musste abbrechen. Von jetzt auf gleich ging nichts mehr. Keine Kraft mehr, der Mut dahin, Palliativmedizin erlöste sie von unerträglichen Schmerzen. Die andere schickte ihr ihre Gedanken, ein hilfloser Versuch, etwas Sinnvolles zu tun. „Ich hab noch dein Buch", versuchte sie Normalität in die Sache zu bringen. „Ach, das eilt ja nicht", war die Antwort der Freundin. Sie würde es nicht noch einmal lesen können. – Friedlich durfte sie wenig später gehen. Plötzlich ging alles ganz schnell! Das sollte der anderen Trost sein. Aber obwohl sie froh war, dass der Freundin Leid vorüber war, fühlte sie sich so leer. Betrogen um schöne Begegnungen und innige Momente mit der Freundin, allein gelassen mit all den Erinnerungen, die ein Leben ausmachen. Sie dachte zurück und fragte sich, warum sie sich aus den Augen verloren hatten. Wie konnte das geschehen? Vielleicht ist man als junger Mensch zu unaufmerksam, fühlt sich unsterblich? Die Auswahl an Kontakten und Erfahrungen ist so überwältigend, dass man wohl nicht immer den Blick für das Wesentliche hat. – Das geliehene Buch legt sie so ins Regal, dass es ihr täglich ins Auge fällt. Das beschert ihr jeden Tag Erinnerungen an eine ganz besondere Freundin, eine Frau, die selbst in schweren Zeiten nie den Humor, nie ihr Lachen verloren hat. – Nur das mit der Rommee Runde wird nun wohl noch warten müssen...

Gender und Mohrenkopf...– da war doch noch was?

Dass die Farbe „Schwarz" an sich neuerdings diskriminiert wird, nehmen wir hin, wenn wir uns vor lauter politischer Correctness zu sonderbaren Wortgebilden versteigen. Neger oder Schwarzer darf man zu einem dunkelhäutigen Menschen nicht mehr sagen. Das beleidigt ihn. Ersatz wäre „dunkel pigmentiert" oder „afrikanischer Herkunft" (wenn es denn so ist). Ursprünglich wurde mit „schwarz" (niger lat., negro span.) die Hautfarbe dieser Menschen gemeint, jedoch oft vor dem Hintergrund des Minderwertigen oder Versklavten. „Negerküsse", diese leckere schokoüberzogene Süßigkeit, heißen korrekt heute Schaumküsse mit dunkler Schokolade. Das Synonym für Mohrenköpfe kenne ich nicht. – „Schwarzfahren" darf es auch nicht mehr geben. Sollte es sowieso nicht. Warum also ein Ersatzwort suchen? Ursprünglich kommt es laut Sprachwissenschaftler Eric Fuss vom jiddischen Wort «shvarts» (Armut). Es sollte Menschen beschreiben, die zu arm waren, um ein Ticket zu kaufen. (Wiki) Das dürfte heute nicht so oft zutreffen wie schlicht eine kriminelle Handlung. – Wenn jemand eine handwerkliche Tätigkeit ausführt und den Ertrag nicht versteuert, hat er "Schwarzarbeit" geleistet und ebenso einen Straftatbestand geschaffen. "Schwarzarbeit" oder "jemanden anschwärzen" lassen sich auf das rotwelsche "schwärzen" = "schmuggeln" = "etwas bei Nacht tun" zurückführen. Wobei man erwähnen sollte, dass ein Großteil der Schwarzarbeit heute sicher bei Tageslicht geleistet wird. –"Schwarz" scheint im Sprachgebrauch also in jedem Fall anrüchig zu sein. Andererseits steht die Farbe "Schwarz" für etwas Edles, Stilvolles. Ich denke an das "Kleine Schwarze", ein kurzes Kleid für festliche oder formelle Anlässe. Auch im Wohnbereich gilt Schwarz als edler Akzent. Ein schwarzer Granit-Küchentresen ist wunderschön.– Wo wir gerade bei Sprach-genauigkeit und politischer Correctness sind, dürfen wir die Genderdiskussion nicht vergessen. Damit alle Geschlechter angesprochen sind, wurden aus tausenden von Hinweisschildern „Nur für Mitarbeiter" zuerst „Nur für Mitarbeiter/innen" und nun durch Überkleben der letzten sechs Buchstaben und Hinzufügen von „nde" „Nur für Mitarbeitende". Puh! Hoffentlich ist das nun auch korrekt!

Mal ehrlich, sind Genderdiskussion, das dritte Geschlecht und die Angst vor Diskriminierung wirklich die Themen, an denen wir uns abarbeiten sollten? Oder versuchen wir nur, die wirklich brisanten Probleme zu umgehen, indem wir Nebenschauplätze suchen? Woran ich denke? Gleicher Arbeitslohn für Männer und Frauen, ausreichende, steuerfreie Rente, bezahlbarer Wohnraum, gerechte Bezahlung von Pflegekräften, bezahlbare Pflege und Unterbringung, eine seniorengerechte Stadt, Förderunterricht für Benachteiligte in den Schulferien, Achtung unseres Grundgesetzes und der Vertreter dieses Staates (Polizei), Wahrung und Schutz unserer Werte, ... Wenn ich höre, dass ein Jugendlicher einem Polizisten, der ihn wegen einer Gewalttat festnimmt, „ich scheiß auf diesen Staat, fick dich Alter" entgegen schleudert, ist es mir egal, ob er weiß, dunkelpigmentiert oder anderer Herkunft, Männlein, Weiblein oder das Dritte Geschlecht ist. Er muss lernen, dass er die Vorteile unserer Gesellschaft nur nutzen kann, wenn er diese achtet. – Ganz korrekt. – Da ist das Thema klar, jeder Nebenschauplatz verbietet sich von selbst.. – Wo ist eigentlich das Problem? – Haben wir noch von diesen leckeren Schaumküssen mit Schoko?

Sind Sprichwörter Lebensweisheiten ?

Drei befreundete Paare sitzen bei Tisch. Das tun sie reihum jeden ersten Samstag im Monat. Es geht nicht immer friedlich zu, dazu kennen sie sich zu gut und zu lange. Ihrer Freundschaft tut das zum Glück keinen Abbruch – „Kannst du mir bitte mal das Wasser reichen, mein Lieber?" fragt sie. „Aber Schatz", kommt es zurück, **„dir** kann **ich** doch nicht das Wasser reichen!" – „Na, na, gib acht, du spielst mit dem Feuer", lacht jemand. „Wieso," wendet Bea ein, „lass ihn doch." Er grinst. Schon lange nervt ihn ihre Selbstgefälligkeit und das überhebliche Gehabe. Deshalb freut er sich über seinen Spruch, der nicht besser hätte passen können, wie er findet. Bea aber tadelt, „Reden ist Silber, Schweigen ist Gold! mein Lieber!" Sie kennt beide gut. Sie verdient die Brötchen, er studiert im 20. Semester. Dass er versucht, seine Frau doof dastehen zu lassen, findet auch Willa sträflich. „Wer im Glashaus sitzt, sollte nicht mit Steinen werfen." „Willst du damit etwa sagen, dass ich blöd bin?" „Ne, aber man sägt nicht den Ast ab, auf dem man sitzt." „Ach, lass nur, Willa," wirft Bea ein, „wie man in den Wald hineinruft, so schallt es heraus."

Die Luft knistert. Gewitter liegt in der Luft. – „Sag mal, Tim, hast du dir inzwischen ne Brille besorgt?" – Tim ist genervt. Er scheut die Brille, wie der Teufel das Weihwasser. „Ach", mischt sich seine Frau ein, „lass ihn doch. Wer schön sein will, muss leiden. Ich kann ihm ja Bescheid sagen, wenn ihn wieder mal eine Schöne anschmachtet und er es nicht sieht."– Sie kann es nicht lassen, denkt Tim. Ewig diese Anspielungen. – „ Ich finde, jeder sollte vor seiner eigenen Tür kehren, meinst du nicht auch?" fragt er. „Nä, finde ich nicht, aber ich mache mir um dich gar keine Sorgen, denn auch ein blindes Huhn findet irgendwann ein Korn." „Korn ist gut", ruft Klaus, „Ich hätte gern einen Korn, bitte." „Genau!" mischt sich nun Bea ein, „steter Tropfen höhlt den Stein, ein Korn geht noch rein!" „Was willst du mir damit andeuten, Weib?" will er wissen. „Ach nichts, Spatz. Ob ich dir das nun erkläre oder nicht, ist doch gehopst wie gesprungen. „Nun sag schon!" drängelt er. „Nä, lass gut sein. Man soll eben den Tag nicht vor dem Abend loben. Hätte so nett werden können." „Leute, auch der schönste Abend muss mal ein Ende haben. Wir Jungs müssen morgen früh zum Fußball." „Morgenstund hat Gold im Mund", meint Willa und grinst frech. „Mädels, morgen zum Frühschoppen bei mir!" Sie wissen alle, was das bedeutet: Nachbesprechung. – Tim kann es nicht lassen: „Ja, ja, wenn der Kater aus dem Haus ist, tanzen die Mäuse auf dem Tisch. – Die kluge Frau sagt jetzt nichts. (Obwohl ihr sogleich ein passendes Sprichwort einfällt!)

Elternschule sollte verbindlich sein.

Wenn man ein Auto lenken will, geht man in die Fahrschule um es zu lernen. Wenn jemand ein Kind erwartet, kann man nicht in jedem Fall davon ausgehen, dass er weiß, wie man es erzieht und behandelt. Es muss also Elternschulen geben, die dieses Wissen vermitteln. Eltern sind für das Verhalten ihrer Kinder verantwortlich. Wenn sie versagen und die Heranwachsenden nicht mehr erreichbar sind, weil sie die Regeln des Miteinander nicht gelernt haben oder diese bewusst missachten, reicht es nicht, dass wir das Kind im Brunnen betrauern oder Schuldige suchen. Für diese Kinder, die ja nicht der „Normalfall" sind, braucht es Einrichtungen, die diese erst dann wieder verlassen, wenn sie das gelernt haben, was sie zum Leben mit anderen brauchen – Achtung, Empathie und Frust-Toleranz. Wie alle Großstädte ist Hamburg ein Ballungsraum für sozial schwache Familien und damit ein sozialer Brennpunkt mit erheblichem Konfliktpotenzial.

Rhetorische Pirouetten von Politikern führen hier nicht weit. Menschen, die öffentlich noch immer eine Kuschelmentalität gegenüber jugendlichen Straftätern – gleich welcher Herkunft - vertreten, handeln unverantwortlich. Zahlreiche Jugendliche richten sich in dem Frust der Perspektivlosigkeit ein. Daraus wird schnell Gewalt, die keine Begründung mehr braucht. Diese Gewalt entwickelt schon bei Pubertärlingen eine eigene Kultur. Die jugendlichen Täter sind oft selbst Geschlagene. Häufig kommen sie aus inkompletten familiären Strukturen in denen Halt und Sicherheit fehlen. Gemeinsames Leben und Erleben findet in einer wachsenden Zahl von Familien nicht mehr statt. Dieses Verhalten wird gedeckt durch einen liberalen Zeitgeist. Kinder haben ein Recht auf Erziehung, auf Liebe und Geborgenheit, aber immer weniger erleben familiäre Riten und Traditionen, wie gemeinsame Mahlzeiten, Unternehmungen und Feste. Diese sind aber Gelegenheiten, Wertmaßstäbe und Regeln kennen zu lernen, ethische und moralische Prinzipien zu diskutieren. Bleiben diese Regeln beliebig und vage, fehlt den Kindern die Vorbereitung auf das Leben in der Gesellschaft. Sie werden Opfer ihrer Verhältnisse und können diese Rolle ihr Leben lang meist nicht mehr ablegen. Jugendliche Straftäter handeln spontan, weil sie es können. Sie leben im Moment ihrer Tat das ersehnte Gefühl der Macht, die ihnen in ihrem Alltag abgeht. Eine Erhöhung der Strafen wird diese Täter nicht von Übergriffen abhalten. Selbst nach Absolvierung eines Straflagers (Bootcamp) werden erfahrungsgemäß um die 49,5 % der Insassen rückfällig. Das mag daran liegen, dass Selbstvertrauen wachsen muss. Man kann es nicht lehren. Selbstvertrauen wächst aus Vertrauen und ist die Grundlage dafür, dass ein Heranwachsender Regeln akzeptieren und einhalten will. Wenn wir junge Täter zurück oder erstmals auf den Weg eines Kindes bringen wollen, das Vertrauen und Geborgenheit kennt, ist das ein langer Weg. Der Staat muss in diese Benachteiligten enorm investieren. Vorbeugen ist besser als heilen, was hier bedeutet, dass Elternschulung verbindlich sein muss. Wenn Vater und Mutter nicht wissen, was es bedeutet, Kinder zu erziehen, ist ein Staat am Ende. *Jugendkriminalität* ist ein griffiges Thema in Wahlkampfzeiten. Ich gebe meine Stimmen der Partei, die sich außer den großen Idealen, die alle vertreten, dem Thema „Wir – Familie, Werte, Erziehung" widmet.

Pack ein, das passt noch rein!

Ich bin schon fertig, Liebes. – Fertig? Womit? –
Na, mit Kofferpacken. – Das ist schön für dich,
Schatz. Ich brauche noch.... Kann ja wohl nicht
angehen, denkt sie. Fünfzehn Minuten!-
So oder so ähnlich kennen Sie das auch? Wer da
schon gleich fertig ist, ist klar: ER. Das geht
ruck-zuck. Fünf Hemden, eine Windjacke, fünf
Paar Socken, Fünf Unterhosen, zwei Pullover,
zwei Hosen (eine Sport-), ein Paar Schuhe,
Badehose, fertig. Für fünf Tage am Chiemsee
reicht ihm der kleinste Koffer. Sie hat inzwischen
ihr gesamtes Zimmer mit Kleidern dekoriert. Fünf
Tage, das bedeutet für sie, fünf Tage + vier
Abende. Jeder Tag hat mehrere Phasen.
Wandern, Stadtbummel, Nachmittagstee oder
Fitness, da braucht sie nicht nur ein Outfit. Es
kommt ihr auch darauf an, dass alles farblich
zusammenpasst. – Liebes, wir machen keine
Kreuzfahrt! Pack ein, und gut ist! ruft er hinauf.
Sie schnauft genervt vor sich hin. Typisch Mann!
Keine Ahnung! Dann überprüft sie erneut, es ist

wohl das vierte Mal, was womit zusammenpasst. Soll sie beigefarbene Sachen überhaupt mitnehmen? Vielleicht lassen sich die Grauen besser mit den anderen kombinieren? Verdammt, wo ist der schwarze Rock? Ohne den geht gar nichts. Sie verschwindet im Schrank und sucht. Nach zehn Minuten am Rande der Verzweiflung findet sie das gesuchte Stück unter einer Bluse. Wie fein ist das Hotel wohl? Was soll sie zum Abendessen tragen? Und das Wetter kann sich auch nicht entscheiden, ob es nun ein warmer, sonniger September werden soll oder doch ein nasskalter Sommerausklang. So stellt sie sich auf beides ein, was natürlich erheblich mehr Gepäck bedeutet. Nun noch ein wenig Schmuck und ein paar passende Gürtel – verdammt! – sie hat die Schuhe vergessen! Es werden dann doch 5 Paar. Und noch ein paar große Umschlagtücher. Die machen sich bei jedem Wetter gut. Tatsächlich lässt sich der Koffer schließen, als sie sich draufsetzt. Später hört sie ein Stöhnen von der Treppe. – Meine Güte! Hast du die Terrassenplatten mit eingepackt?- fragt er, wohl wissend, dass die Gefahr groß ist, sie zum Platzen zu bringen. Aber weit gefehlt. Sie ist so froh, dass sie alles verstaut hat, dass sie ihm nur milde gestimmt eine Kusshand zuwirft. Natürlich genießt er es auch, wenn sein Weib die Blicke auf sich zieht. Sie hat schon Geschmack, das muss er zugeben. Aber seiner Meinung nach übertreibt sie ein wenig. Nur, wenn er unsicher in seinen modischen Entscheidungen ist, begrüßt er das Farbempfinden und die Kombinationsgabe seiner Frau genauso wie ihre Kenntnisse von Etikette und situationsgemäßer Kleidung. Vielleicht sollte es für Frauen und Männer unterschiedliche Gepäcknormen z.B. für Flugreisen geben, denkt sie. – Fahren Sie auch demnächst in den Urlaub?

Guck mal, ob keiner guckt..

Du genießt auf der gut besetzten Terrasse deines Clubs die Sonne. Eine Bekannte kommt um die Ecke. Schnurstracks marschiert sie auf den Tisch hinter dir zu, geradewegs an dir vorbei. Du hörst, wie sie die dort Sitzenden herzlich begrüßt und sich dann niederlässt. Deine Stimmung ist soeben um einige Grade abgekühlt. Du fragst dich, ob du ihr etwas getan hast, ob sie sauer auf dich ist, warum sie dich wie Luft behandelt. Du hast später, als du gehen willst, zwei Möglichkeiten. Du kannst wortlos den Rückzug antreten und das Problem auf unbestimmte Zeit mit nach Hause nehmen. Du kannst aber auch an den anderen Tisch gehen, freundlich auf die Platte klopfen und hallo sagen, in der vagen Hoffnung, dass sich das schmerzfrei klären lässt. Und tatsächlich! Deine Freundin ist hocherfreut, dich zu sehen. Sie stellt dich den anderen vor und lädt dich ein, dich dazuzusetzen. Später gibst du zu: ich dachte schon, du wolltest mich nicht sehen, als du an mir vorbeigingst. I wo!– sagt sie. Ich bin hier immer so unsicher, komme mir vor, als beobachteten mich alle. Das ist ja wie auf dem Catwalk! Da hab ich immer nen Tunnelblick und suche mir einen möglichst nahen Platz für meine Landung. – Ach so! – Männer sind da meist eher schmerzfrei. Sie schauen rechts, links und in die Mitte und freuen sich, wen alles sie kennen. Hier ein paar launige Worte, dort ein loses Späßchen, sie machen die Honneurs, bis sie sich irgendwo dazusetzen. Von dort aus kann man sich ja noch mal umdrehen nach da oder dort, und schon läuft die Unterhaltung gruppendynamisch quer über die ganze Terrasse. Sie malt wieder schwarz weiß! – Nein, sie beobachtet. Die Erfahrung lehrt, dass weniger Frauen als Männer selbstbewusst über den „Catwalk" laufen. (Außer, sie laufen wirklich auf einem entlang.) Man kann ziemlich sicher sein, dass nahezu jeder hinschaut, wer gerade daherkommt. Ob die Blicke länger verweilen, hängt davon ab, wie interessant die Person scheint. Selbstbewusste kennen dieses Problem nicht und halten völlig relaxed den Blicken stand. Andere stellen sich einfach vor, sie seien unsichtbar. Und go! – Anders, wenn Frau mit Frauen zum Lästern die Köpfe zusammensteckt. Zwei Aperol Spritz hatten sie schon und mit jedem neuen Glas werden sie übermütiger. Dann kichern sich selbst Spätsommer-Weiber wie Teenager weg, wegen nichts. Und der Alkohol ist es auch, der Männer mutig macht und ihre Zunge lockert. – Beate, mein Stern, was siehst du heute wieder lecker aus!– Oh nä, hat das jemand gehört? Beate möchte gern im Boden verschwinden. Kopf hoch, Schultern zurück und ein fröhliches „Danke, Olaf, Schätzchen!" kommt entschieden besser. Eigentlich ist das ganze Leben doch ein Catwalk. Da wäre es über die Jahre unglaublich anstrengend, sich jedes Mal komisch zu fühlen. Was denken Sie?

145

Frau hat es schwer

Hasi, was soll ich zur Hochzeit deiner Schwester anziehen? Ich hätte das Blaue, du erinnerst dich? Ja, das sieht doch gut aus. Der Rock ist aber so weit, dass ich mich beim Treppensteigen sehr vorsehen muss. Dann nimm das Schwarze. Schwarz und schlicht. Das steht dir am besten. Ach nö – ich möchte auch mal was Anderes. Frau Dr. von Wichtig trägt seit Jahren immer das gleiche Kleid. Wenn die das kann, wirst du das ja wohl auch können. Zu dem Schwarzen hab ich keine vernünftigen Schuhe. Vernünftige Schuhe hast du in deinem ganzen Schrank nicht, Schatz. Was verstehst du schon von Schuhen, Hasi! Na, soviel immerhin, dass ich weiß, welche ich bedenklich finde. Ach ja? Welche meinst du? Meine Schuhe gefallen dir also nicht! Doch, an sich schon, aber...Was, aber? Wovon sprechen wir jetzt? Also, da sind zum einen die >Nicht-zum-Gehen-Pumps< in schwarz. Die sind so hoch, dass du sie gerade vom Auto zur Veranstaltung tragen kannst. Dann musst du stehen bleiben oder dich setzen, denn anzusehen, wie du darauf gehst, schmerzt nicht nur jeden Orthopäden. Ja, aber die sind von Dolce und soooo süß! Darum hab ich sie jetzt auch ins Bücherregal gestellt. Da kann ich sie immer ansehen. –?– Na, da stehen sie gut. Ich kenne auch noch die braunen Zehenquetscher, die so spitz sind, dass kein normaler Fuß hinein passt. Och, wenn ich die nicht so lange anhabe, gehts. – Vielleicht, ziehe ich den Hosenanzug an und lila Schuhe dazu. Wenn es sein muss.. aber bitte nicht die Nur-zum-Stehen-Hose, in der du wieder keine Luft kriegst. Du weißt, es wird viel gesessen auf einer Hochzeit. In der anderen sehe ich aus wie eine Presswurst! Da krieg ich gleich ne Depression! Ist es jetzt schon soweit, dass ich die Bequem-Nummer fahren muss? Schatz, du sollst Spaß haben und das Fest nicht nur ertragen. Vielleicht versuchst du es mal mit würfeln? – Du hast ja noch ein wenig Zeit bis zur Feier – im August 2023.

Nur eine Bombe

Die 500 kg Bombe ist dick mit Erde verkrustet. Unförmig sieht sie aus, nicht wirklich gefährlich. Zumindest glauben das die, die noch nie einen Krieg erlebt haben. Sie hat es im Radio gehört. Der Blindgänger liegt nur 500 Meter Luftlinie von ihrer Wohnung. Über 7000 Menschen werden im Umkreis evakuiert. Die Bewohner des bedrohten Gebietes werden aufgefordert, sich umgehend in der nahe gelegenen Schule einzufinden. Die, die weiter weg wohnen, sollen sich in die dem Bombenfund abgeneigte Seite ihrer Wohnung begeben und die Fenster geschlossen halten. Die Polizei klingelt an vielen Türen, um die Anwohner zum Verlassen der Wohnungen aufzufordern. Nun läutet es auch bei ihr. Sie wohnt im 2. Stock. Also stehen sie unten. Sie müsste auf den Türöffner drücken, um sie ins Haus zu lassen. Sie horcht an der Wohnungstür, ob sich im Treppenhaus etwas tut. Alles bleibt still, nur das Klingeln wiederholt sich. Sie hat schon vermutet, dass wieder keiner der Nachbarn im Hause ist. Auf das Klingeln reagiert sie nicht. Aber die Erinnerungen kommen nun dichter. Sie hört das Heulen der Sirenen, sie spürt die Unruhe wie damals.. >Hektisch raffen sie das Nötigste zusammen. Alles steht bereit für den Ernstfall. Schnell, schnell, der nächste Luftschutzkeller ist 500 Meter entfernt. Draußen treffen sie Nachbarn. Alle rennen, die Plätze sind begrenzt. Wer dort nicht unterkommt, muss weiter zum nächsten Bunker. Erschöpft fallen sie auf die Bänke, die da unten stehen. Die Enge des Luftschutzkellers, die stickige Luft.. sie reden und reißen Witze um sich die Angst erträglich zu machen und dann sind die Flugzeuge da ..unglaubliches Getöse, ein Knall...die Angst, dass auch dieses Haus getroffen wird, die Angst, hier nicht mehr herauszukommen, die Angst vor dem, was man da draußen vorfinden wird, wenn Entwarnung ist, lähmt. Steht das Haus noch? Oder ist womöglich alles verloren? – Jedes Mal diese Angst.. – Obwohl ihr Herz rast, fürchtet sie sich heute nicht. Mitten in ihre Gedanken hinein schrillt plötzlich ihr Telefon. Die Tochter fragt, ob sie sie abholen soll. Zur Sicherheit. Nein, sagt sie.

Ich bin jetzt 90 Jahre alt. Den Krieg hab ich überlebt. Mir macht so was keine Angst mehr. Das ist vorbei. Es passiert schon nichts. Die schaffen es, das Ding zu entschärfen. Bestimmt. „Tschüs!" sagt sie noch und „Bis morgen!"

Gelernt ist gelernt!

Glücklich, dass der Kellner uns zur Kenntnis genommen hat – er ist für ganze 10 Gäste zuständig – bestellen wir eine Flasche Rotwein. Zehn Minuten später naht er mit der Flasche. Er reißt die Banderole am unteren Rand auf und hat Mühe, den Korken freizulegen. Als das geschafft ist und die Banderole wie ein wirrer Strauß aus Alufetzen um den Flaschenhals steht, arbeitet der junge Mann den Korkenzieher in den Korken. Es ist einer dieser praktischen Hebel-Öffner – ansetzen, Hebel runter, Korken raus – . Der Kellner hat das Prinzip nicht durchschaut. Er würgt den Korken, dreht den Öffner, dann die Flasche, hebelt, was das Zeug hält, wir hören den Korken kichern, der fiese kleine Kerl spielt einfach nicht mit. Ich erkläre dem Kellner die Technik, er bedankt sich. An der Flasche läuft inzwischen der Wein durch den Alustrauß herunter auf die Tischdecke. Der Kellner straft die Flasche mit Nichtachtung. Er packt den Öffner ein. Dann schnappt er die Weinflasche und füllt unsere

Gläser. „Junger Mann," versucht mein Mann, ihn zu bremsen, „darf ich Ihnen etwas erklären?" „Hääh, bitte?" „Man gießt dem Gast zuerst eine kleine Menge ins Glas, damit er probieren kann, ob der Wein in Ordnung ist. Erst dann gießt man nach." „Ich glaube, wenn ein Gast fragt, ob er probieren darf, dann holt man ihm ein kleines Glas." „Nein, entschuldigen Sie, aber so ist das nicht. Der Gast probiert Wein aus der Flasche, die er bestellt hat." „Ok." Er schnappt sich die Flasche und will damit von dannen eilen. „Halt, wohin wollen Sie ?" fragt mein Mann nun genervt. „Na, ich gehe probieren." „Nein, nicht Sie, der Gast probiert, also ich." - „Aha." Dann bringt er den Gästen gegenüber ihren Wein. Das gleiche Theater mit dem Öffner. Und dann schauen wir gespannt hinüber, was er tut. Richtig geraten! Er gießt beide Weingläser voll bis zum Rand! Aber wir waren einigermaßen froh, dass er nicht die Flasche angesetzt hat, um den Wein zu probieren. Sie mutmaßen, an welch finsterem Ort so was wohl passieren kann? Ein Touri-Schuppen? – Eine Hafenkaschemme? – Falsch!

Ganz falsch! – Ein 5 Sterne Hotel in unserer schönen Stadt. Man hat sich bei uns entschuldigt, es habe sich um Personal eines Fremddienstleisters gehandelt. Sollte ein solcher nicht Fachpersonal vermitteln?

Einmal Lehrer, immer Lehrer !

Ich finde, Lehrer sollten die deutsche Rechtschreibung beherrschen. Wenn sie das nicht tun, ein Problem mit dem Genitiv haben und Dativ und Akkusativ vertauschen, ist das ein Problem. Der Supergau bricht aus, wenn diese Lehrer Klassenarbeiten korrigieren. Sophie kommt freudestrahlend nach Hause. Schon im Flur ruft sie: „Oma, ich habe ne 2 in der Englischarbeit!" „Oh, wie schön", freut Oma sich, „zeig doch mal her." „Was ist denn?" fragt Sophie beunruhigt, weil ihre Großmutter wie versteinert auf das Papier starrt. „Kind, du hast dir wirklich Mühe gegeben, aber deine Lehrerin leider nicht." Oma möchte Sophie die Freude an der guten Note ja nicht nehmen, aber sie will es genau wissen. Noch einmal geht sie die Arbeit durch, ein weißes Blatt Papier daneben. – Einmal Lehrer, immer Lehrer, denkt sie und muss selbst grinsen. – Als sie fertig ist, ist das Blatt vollgeschrieben. Oma hat in der korrigierten Klassenarbeit zehn Rechtschreibfehler und drei Zeitfehler, sowie und zwei andere Grammatikfehler entdeckt, die die Lehrkraft „übersehen" hat. Sie redet Sophies Eltern ins Gewissen. „Ihr müsst was sagen. Das geht so nicht." Die zögern. „Weißt du, wir befürchten, dass das auf Sophie zurückfällt. Wer lässt sich schon gern kritisieren? Und dann Lehrer!? Das weißt du doch am besten!" Und so bleibt alles wie es ist. Kinder lernen aus Fehlern. Wenn sie keine nachgewiesen bekommen, glauben sie, alles richtig gemacht zu haben. Folge: Nichts gelernt. Oma war Studienrätin und weiß, wovon sie spricht. Sie hat sich schon damals über Kollegen geärgert, die aus Faulheit alte Vordrucke verwendeten, die sie in Schubladen fanden. In Mathematikarbeiten von 2013 stand noch DM als Währung! Andere übersahen, dass ihre Schüler nicht richtig schreiben konnten. Da sah das kleine a genauso aus, wie das g, weil das g auf der Linie tanzte. Großes F und kleines f waren nicht zu unterscheiden, usw.. Am schlimmsten aber waren und sind die, die nur die Kreativität ihrer Schüler lobten und vergaßen, sie zum richtig Schreiben zu motivieren. Johannes hat Rechtschreibung nie interessiert. Obwohl man ihm die Folgen dieser Ignoranz zu verdeutlichen versuchte, schreibt er noch immer, wie er lustig ist. Nun plötzlich wird das zum Problem. Au weh, die Eltern hatten Recht. In der Oberstufe gibt es einen Fehlerquotienten. Johannes selbst kreierte Schreibweisen ziehen die Note jeder Klausur deutlich nach unten. Ob er es schafft, endlich richtig schreiben zu wollen? – Liebe Lehrer, Ihr habt nicht nur den schönsten aller Berufe gewählt, sondern auch den Wichtigsten. Ihr legt die Basis für alles, was dann kommt: Rechnen, lesen, schreiben, benehmen, Kritik aushalten. Kleine Menschen und ihre Eltern müssen darauf vertrauen können, dass ihr eure Aufgabe gewissenhaft erledigt. – .. und denkt nicht mal daran, Omas Kritik an Sophie auszulassen!

Immer schön fröhlich bleiben!

Horrornachrichten – jeden Tag. Durch unsere enge Vernetzung und die gut funktionierenden Nachrichtensysteme erfahren wir jede Minute neue Schreckensmeldungen aus aller Welt. Momentan geht es meist um ein einziges Thema: Corona. Wir erfahren Fakten, Vermutungen, Bedrohungen, wenig Hoffnungsvolles. Corona geht uns alle an. Wenn aber in China ein paar Millionen Menschen zwangsumgesiedelt werden, weil die Regierung wieder eine neue Stadt aus dem Boden stampft, nehmen wir es zur Kenntnis. Aber geht es uns nahe? In Afrika hungern viele und bekriegen einander. Immer wieder versuchen Menschen diesem Schicksal durch Flucht über das Meer zu entkommen. Fluchthelfer nutzen die Chance auf schnelles Geld und nehmen billigend menschliche Verluste in Kauf. Wir erkennen unsere Grenzen. Greta reist umher und setzt sich für eine bessere Welt ein. Viele freuen sich, dass das Thema Umwelt nun präsenter ist. Aber gehen sie freitags demonstrieren? Es ist auch die Frage, ob man wissen möchte, wo der Amerikanische Präsident sich gerade wieder daneben benimmt. Jeden Tag fahren sich Leute auf den Autobahnen tot. Aber die verheerende Verkehrssituation in deiner Stadt geht dich schon mehr an. Sie entscheidet unter Umständen dein eigenes Tun. Hast du einen festen Termin, bedarf es genauer Planung, damit du ihn auch einhalten kannst. Alternativen werden aufgezeigt, falls ein Weg ausfällt. Staut es sich auf der Autobahn, willst du vielleicht Einzelheiten nicht wissen, nur, ob der Nahverkehr gerade ungestört fährt und nicht auch noch die S-Bahn ausfällt, was verschiedene Gründe haben kann. Du möchtest wahrscheinlich nicht im Detail erfahren, warum. – Kann man sich schützen, vor all diesen Negativeinflüssen? Ist es OK, wenn jemand von jetzt auf gleich die Tageszeitung abbestellt und keine Nachrichten mehr sieht, weil er über all das nichts mehr erfahren will? – Wir sollten nicht werten, wie andere mit dem, was sie ertragen möchten, oder eben auch nicht, umgehen. Jeder hat genug damit zu tun für sich selbst zu entscheiden, was sein Leben beeinflussen soll und auf welche Infos er lieber verzichten möchte. Es gibt bei der Verbreitung von Nachrichten eindeutig ein Übergewicht an Negativem. Gäbe es mehr Gutes oder hören wir davon nicht, weil Gutes weniger Quote bringt, weil die Sensation zu kurz kommt? – Was ist dir wichtig? Wenn dein Frühstücksei zu hart gekocht ist, ist es dir egal, ob in Chicago gerade eine Currywurst geplatzt ist. – Ganz ohne Witz, momentan fehlt uns die Leichtigkeit, aber hoffentlich nicht der Humor, denn den brauchen wir zum Überleben.

Alltagsgenörgel nur ein Fliegenschiss

„Schatz, ich hätte mich gefreut, wenn du die Spülmaschine ausgeräumt hättest." Er ist leicht genervt, denn es ist nicht das erste Mal, dass seine Liebste sich für Hausarbeit nicht zuständig fühlt. „Ach, war die voll?" fragt sie überrascht.„Ich bitte dich! Du hast das schmutzige Geschirr obendrauf gestellt und den Ausschalter bedient!" „Hab ich gar nicht gemerkt, sorry!" „Muss ich mir Sorgen machen, weil du nicht mehr weißt, was du nicht tust? Oder blendest du einfach aus, was dir keinen Spaß macht?" „Ach Hasi, hör doch mal zu, ich hab ein neues Gedicht geschrieben:..." Er fragt sich, wer die Hausarbeit machen würde, wenn auch er ein Kreativer wäre. Bei den Nachbarn empfindet der Herr des Hauses alles um Haus und Garten als nicht seins. „Der macht gar nichts!" beschwert sich seine Frau. „Er wäscht sein Auto und das war's auch." Sie würde sich wünschen, dass er den Rasen mähen oder auch mal aufräumen würde. Die Frage ist, warum er sich nicht zuständig fühlt oder gewisse Tätigkeiten einfach abwählt. Fest steht, dass das nur durchgeht, wenn der Partner es zulässt.

Die bessere Hälfte der Dichterin freut sich über die Texte seiner Frau. Er erträgt ihre Eigenwilligkeiten meistens mit einem Lächeln. Die Frau des Autowäschers ahnt nicht, dass er sich nicht zuständig fühlt, weil seine Vorstellung von Inneneinrichtung und Gartengestaltung extrem von der ihren abweicht. Auch zur Häufigkeit des Hausputzes hat er ein anderes Verhältnis. Aber er hat keine Chance. Sie ist ein Putzteufel, wie er es nennt. Sie setzt ihre Ideen kompromisslos durch. Dass sie es selbst ist, die ihren Mann dadurch aus den gemeinsamen Belangen und damit auch aus der Verantwortung entlässt, ist ihr nicht bewusst. Wenn sie ihn mahnt, doch auch mal was zu tun, reagiert er genervt oder so, wie man es aus der Pubertät kennt „mach ich gleich, Liebes." Und bei „gleich" bleibt es. Stress ist vorprogrammiert. Gut, wenn sich beide zuständig fühlen, ohne eine Aufforderung zu brauchen. Schließlich wohnt man ja zusammen. Noch besser, wenn man einander mit Humor begegnet und Marotten verzeihen kann, ohne aufzurechnen.– Ist es nicht ein großes Glück, wenn man sein Leben gemeinsam erleben kann? Dagegen ist doch das ganze kleinkarierte Alltagsgenörgel ein Fliegenschiss, oder?

Ein schwarzer Vogel

Jahrzehnte deines Lebens verbringst du mit verschiedenen Gefährten. Sie begleiten dich immer so lange, wie du sie für spannend hältst, so lange, bis du das Gefühl hast, sie machen dein Leben nicht besser. Es sind gute Beziehungen. Aber Liebe ist es wohl nicht. Deshalb bist du stark und voller Selbstvertrauen. Du weißt, du bist selbst für dich verantwortlich. Du weißt, du würdest dein Leben allein meistern.

Plötzlich tritt ein Mensch an deine Seite, der mit einem Schlag alles verändert. Er zeigt dir täglich seine Liebe und du empfindest das Gleiche. Er macht dein Leben besser. Ihr schafft eine so harmonische Zweisamkeit, dass es dich manchmal wundert. Alles erscheint leicht. Ihr gebt euch Freiheit und auf dieser Basis fühlt ihr euch verbunden. Mit ihm empfindest du das erste Mal ein „WIR". Diesem Menschen kannst du Verantwortung abgeben. Du traust sie ihm zu. Aber mit jeder Kleinigkeit, die du ihm überlässt, gibst du ein wenig deiner Selbst ab. Du fragst

dich, wo dein altes Ich hin ist, wo deine Stärke..
Früher war es für dich keine Frage, Regale selbst
anzubringen, deine Hemden zu bügeln, zu
kochen, den Garten in Schuss zu halten. Heute
macht er das. Nie hast du dir Sorgen um dein
Leben gemacht. Jetzt fürchtest du, er könne
eines Tages vor dir gehen. Gedanken kommen,
Ängste schleichen sich ein. Du fragst dich, wie du
ohne ihn leben sollst, soviel Raum nimmt er ein.
Dir scheint die Lücke ohne ihn zu groß, nicht
mehr füllbar. Eine Lücke, wie eine
lebensgefährliche Verletzung – unheilbar. Hin und
wieder kommen dunkle Gedanken, du nennst sie
den schwarzen Adler. Dieser Vogel überschattet
deine Stimmung. Du neigst dazu, mit deinem
vorzeitigen Ende zu liebäugeln. „Wenn er nicht
mehr da ist, will ich auch nicht mehr." Etwas
Großes wie die Liebe kann die Erfüllung, aber
auch beängstigend sein.– Aber dann denkst du an
deine alte Mutter, die beim Tode deines Vaters
am liebsten gleich mit ins Grab gegangen wäre.
Du dachtest damals, sie würde es nicht schaffen.
Aber sie fing sich „es muss ja weitergehen!"

Heute lebt sie selbstbewusst wie nie zuvor. Sie trauert seit 18 Jahren jeden Tag um ihren geliebten Mann, aber sie kann allein leben in dieser Erinnerung, allein mit ihren 90 Jahren.

Das kannst du auch. Vertraue.

An die Freundin

Über ein Jahr habe ich sie nicht mehr gesehen. Mir fällt auf, wie schön sie ist und dass es sich so anfühlt, als wäre es gestern gewesen. Die Nähe zwischen uns ist greifbar. Bei einer solchen Freundschaft ist es egal, wie lange man sich nicht sieht. Dieses Grundvertrauen, diese gemeinsame Welle macht den nahtlosen Anschluss an das letzte Treffen möglich. Weil Freunde auch in Abwesenheit Teil deines Lebens sind. Im Restaurant bestellen wir die Antipasti zu zweit. Der Kellner merkt, dass er stört, so vertieft sind wir in unser Gespräch. Ab und an prustet eine los, herzhaftes Lachen, entspannte Freude, Miteinander. Wir kennen uns seit fast 40 Jahren. Damals war sie meine Schülerin. Wir sind Freundinnen geworden. Später unterrichtete ich ihre Kinder, die nun auch schon Kinder haben. Die Bindung zwischen uns war immer da. – Ich hatte den schönsten Beruf der Welt und bin dankbar, liebe Freundin, dass Menschen wie du mein Leben bereichern. Schön, dass es dich gibt.

– Die andere war meine beste Freundin, schon in der Grundschule. Wir haben unsere dreizehn Schuljahre gemeinsam verbracht und auch noch Jahre danach. Dann verloren wir uns aus den Augen. Unsere Leben verliefen wohl zu verschieden. Mit 65 habe ich angefangen, sie zu suchen. Es ging mir plötzlich nicht gut damit, dass ich sie verloren hatte. Das Internet ist in vielerlei Hinsicht eine Pest. Für uns war es der Weg zum Wiedersehen. Meine Recherche war erfolgreich. Ich schrieb die Frau mit ihrem Namen im fernen Rheinland einfach an und erklärte mein Anliegen. „Ich suche meine beste Freundin.." „Ja. Das is ja'n Ding." Sie war es! Zwischen uns ist alles wie immer. Es fühlt sich fast so an, als seien die Jahre dazwischen nicht gewesen. Zwar sehen wir uns nur alle paar Monate, denn unsere Leben sind schon wieder sehr verschieden, aber wir haben uns wieder. – Man kann es sich einfach nicht leisten, eine Freundin zu verlieren! Dann flattern all die Erinnerungen im Wind, wie Wäsche, die der Wind von einer Klammer losgerissen hat.

Nur noch an einer Seite verankert, die andere im nichts. Dabei gehören sie doch uns beiden...

Wenn du es willst!

Das Leben zu mögen ist manchmal nicht leicht. Zwei liebten sich und du wurdest geboren, aber du wurdest nicht gefragt, ob du das überhaupt willst. Du musst dich hineinfügen und es annehmen, dein Leben. Das ist nun dein Schicksal. Wenn's gut läuft, ist alles keine Frage. Treten aber Komplikationen auf, ziehst du dich zurück und würdest gern verzichten.

Ein Beispiel: Eine berufliche Veränderung war überfällig, denn glücklich warst du in deinem Job schon lange nicht mehr. Nun wurdest du entlassen und konntest den Zeitpunkt des Wechsels nicht mehr selbst entscheiden. Das setzt dir zu, lässt dich hilflos in dieser Situation herumrudern. Es braucht Zeit, bis du die Kraft findest, ein neues Ziel ins Auge zu fassen.

In einer solchen Lage verlierst du manchmal den Blick dafür, was dir wichtig ist. Niedergeschlagenheit und schwarze Schatten überlagern dein Gemüt. Leider wirkt sich das auch auf deine Umgebung aus. Weil du alles dunkel siehst, bist du voller Kritik. Du wirst zur Spaßbremse, bist launisch und schwierig, für andere schwer zu ertragen. Deine Familie versucht, dir zu helfen, dich aufzubauen, du aber machst dicht und lässt niemanden mehr an dich ran. Du ziehst dich zurück und langsam vereinsamst du. Du erklärst den Rotwein zu deinem besten Freund. Mit jedem Glas spülst du deine Sorgen in dich hinein. Du isst auch zu viel, vielleicht ein Ersatz, eher jedoch der unbewusste Versuch, dir eine Wand aus Speck zuzulegen. Je dicker diese Wand wird, desto größer wird dein Abstand zu den anderen und du verklebst mit deinen Problemen. Du kannst dich aus deiner Lage befreien, wenn du dich jemandem öffnest. Sei mutig. „Hilf mir!" zu sagen, ist keine Schande. Vielleicht hast du auch das Glück, dass dich ein Freund mutig wachrüttelt, obwohl es dich schmerzt. Dass er dich schüttelt „he, wach auf, tu was!" Nur wenn du diese Chance erkennst, wirst du auch aktiv werden, wirst du die Energie aufbringen, deine Lebensführung zu ändern. Du kommst auf den Boden der Realität zurück und machst einen Plan, der deinem Leben nicht nur Halt, sondern auch eine neue Richtung gibt. Das ist unendlich schwer, aber mit jedem Tag, den du mutig beginnst, schärft sich dein neues Wohlbefinden. Das gibt dir Halt, wirkt wie ein immer besser sitzendes Korsett. Aufrecht und doch zunehmend entspannt gehst du in den Tag. Du hast wieder Hoffnung. Du kannst wieder frei atmen. Manchmal birgt ein Tiefpunkt, eine scheinbare Ausweglosigkeit eine ganz neue Chance, – Alles wird gut, wenn du es willst, denn alles kommt so, wie es soll.

„Scheiße, geht nicht das System", ...

Die Briefe müssen dringend weg. Ich laufe zum Postkasten an der Ecke, in der irren Hoffnung, dass er zufällig noch nicht geleert wurde. Die Entleerung hätte vor 30 Minuten gewesen sein müssen. Ich öffne den Einwurf und erschrecke. Mir fallen Briefe entgegen! Der Kasten ist übervoll! Das kann nicht sein, wenn er täglich geleert worden wäre. Ich werfe meine Briefe nicht ein. Das Risiko, dass sie abhanden kommen, ist zu groß. Zu Hause suche ich Kontaktmöglichkeit zur Deutschen Post im Internet. Auf sämtlichen Kunden-Service-Portalen sind die Fragen zur Auswahl schon vorgegeben. Keine befasst sich mit Briefkästen. Ich versuche auf gut Glück eine Telefonnummer zum Thema „Brief". Fünf Minuten Warteschleife, dann umsonst! Mein Thema gibt es nicht. Schließlich finde ich eine Beschwerde-Nummer. „Sie warten 10 Minuten. Versuchen Sie es online auf deutschepost.de. Nein, ich warte. Tatsächlich nimmt nach 5 Minuten ein Mensch das Gespräch an. Er fragt in gebrochenem Deutsch vier Mal nach meinem Namen, fünf Mal nach dem Grund meines Anrufes, drei Mal nach dem Standort des Postkastens, dann wieder nach meinem Namen. „Ja", sagt er schließlich, „wird um 15:30 geleert." „15:30 war es vor einer Stunde", wage ich zu erinnern. „Und er ist auch gestern nicht geleert worden!" „Ja. OK. Ich geben an Fachabteilung weiter. Wie war Name?" – Nochmal! – Er spricht mit sich selbst. „Scheiße, geht nicht das System. Kann nicht aufgeben." Er scheint nicht zu wissen, dass ich mithöre. „Ich gebe weiter," lügt er mich an und ich höre, wie er flucht, weil sein Programm nichts annimmt. „Können auflegen," teilt er mir mit. Ich beschließe, mich ins Auto zu setzen und die nächste Postfiliale anzulaufen. Dem Frieden kann ich nicht trauen. Manche Konzerne und Behörden machen es sich heute leicht. Sie nähren die Illusion, man könne sie erreichen. Manchmal sogar 24 Stunden durchgehend, wohl kalkulierend, dass das nicht möglich ist. Sie wissen, dass man Stellen einsparen kann, wenn man die Kunden im Kreis leitet, ihnen durch Antippen von Zahlentasten die Hoffnung suggeriert, das führe zu etwas und diese irgendwann verzweifelt aufgeben. Da wünscht man sich alte Zeiten zurück, als man Gespräche mit Post-Beamten führen konnte. Die waren zwar nicht immer freundlich, aber wenigstens da.

Schau zuerst unter dem Bett nach!

„Wenn einer eine Reise macht, dann kann er was erzählen." Diese Erkenntnis ist nicht neu. Was es zu berichten gibt, beschränkt sich jedoch nicht nur auf die Sehenswürdigkeiten, wenn man diese Reise nicht allein macht. Man kennt sich seit Jahren, trifft sich regelmäßig, spielt sogar miteinander Karten. Dann die Idee, gemeinsam zu verreisen. Schon bei der Hinfahrt, die jedes Paar in seinem Auto hinter sich bringt, scheiden sich die Geister. Gern wollen die Freunde Kolonne fahren. Du nicht, denn das ist dir zu anstrengend. Du willst nicht abhängig sein. Deshalb plädierst du für Telefonate während der Fahrt. Am Abend sitzt ihr dann gemeinsam am Tisch. Die erste Etappe liegt hinter euch. Kaum habt ihr Essen geordert, holt euer Freund sein Handy heraus. Nach kurzer Recherche verkündet er „Die sind hier ganz schlecht bewertet." – ? – Wider Erwarten ist das Mahl mehr als OK und der Service hervorragend. Es geht ans Bezahlen. Eure Freundin rundet von 37,55€ großzügig auf

38,00€ auf und lässt sich zwei Euro zurückgeben. Ihr würdet vor Scham in den Spalt springen, täte sich gerade einer im Boden auf. Ist das peinlich! Ihr wusstet bisher nicht, dass sie geizig sind. Am nächsten Mittag erreicht ihr euer Hotel. Es liegt malerisch in einem großen Park, der direkt an den See grenzt. Die Zimmer haben über 35 m2 und sind sehr geschmackvoll möbliert. Es gibt bodentiefe Fenster, wie so oft im Süden. Ihr freut euch über diese Wahl, zumal alles sehr sauber ist. Beim Abendessen zieht euer Freund eine Fresse. „Das ist ja vielleicht ein dunkles Drecksloch hier!" –?– „Beate hat unter dem Bett eine Wollfluse gefunden. Das geht gar nicht! Wir werden uns beschweren." Ihr bekundet, dass es euch hier gut gefällt und ihr nichts auszusetzen habt. „Habt ihr überall nachgesehen? Beate guckt immer zuerst unters Bett." Zur verabredeten Abfahrtzeit, ihr wollt einen Ausflug machen, kommt Hans allein. „Wo ist Beate?" „Die ist noch nicht fertig." Und dann siehst du die Freundin seelenruhig rauchend auf dem Balkon stehen und in ihr Handy starren. Sie braucht dafür 10

Minuten. Im Auto zählt Hans sie an. Er pöbelt. „Immer muss man auf dich warten! Kannst du nicht einmal pünktlich sein? Bist du eigentlich bescheuert? Was denkst du dir?" – Wie peinlich, dem beiwohnen zu müssen. Euch wird klar, dass verreisen mit Freunden deutlich anders ist, als einen Spieleabend zu bestreiten. Die Gewohnheiten der anderen hautnah mitzubekommen, ist nicht jedermanns Sache. Es stimmt bedenklich, dass ihr noch 13 gemeinsame Tage vor euch habt. Was die anderen wohl an euch stört? – Tja, wenn einer eine Reise..

Panik! – Der Fernseher geht nicht an.

Samstagabend. Wir sind kaputt. Es war ein anstrengender Tag. Jetzt die 19 Uhr Nachrichten und die Füße hoch....Der Fernseher bleibt schwarz. ? Keine Batterie in der Fernbedienung? Doch. Er geht einfach nicht mehr an. Gar nicht. Bei den heutigen Preisen macht es meist mehr Sinn, ein neues Gerät zu kaufen, als überprüfen zu lassen, ob eine Reparatur des Alten sich lohnen würde. „Schatz, wir müssen noch Mal los. Zieh dich gar nicht erst aus. Wir brauchen einen neuen Fernseher." Das Technische Kaufhaus hat bis 20:30 Uhr geöffnet. Die Beratung ist perfekt. Schnell haben wir Ersatz gefunden. „Nehmen sie den gleich mit?" will der Verkäufer wissen. „Klar!" „Sie wissen, der muss senkrecht transportiert werden?!" „Ja, ja," denken wir. „Red du man." Den Mini haben wir gleich bei der Warenausgabe geparkt. „Den kriegen Sie da nicht rein", stellt der Mitarbeiter trocken fest. Nun haben wir da schon ganz andere Sachen reingekriegt und machen uns keinen Kopf. Wir öffnen das Verdeck und schieben die Sitze nach vorn. Es stellt sich heraus, dass das Paket genau 5 cm zu lang ist. Auch diagonal passt es nicht. „Kipp es ein wenig an, Schatz. Ich setze mich auf die umgeklappte Rückbank und stütze ab. Die kurze Strecke geht das schon." Das kleine Auto ist beladen, der Mitarbeiter will sich beömmeln, weil ich da hinten wie das Äffchen auf dem Schleifstein neben dem riesigen Karton kauere. Mir egal! – Klick. Klick. – Das Auto sagt nichts mehr! Es springt nicht an! Statt dessen leuchtet irgendwas von „Airbag". Ich steige wieder aus. Das Paket stellen wir vorsichtig ab. Die Betriebsanleitung beschreibt Dinge, die in meinem Auto nicht vorhanden sind. Ich wähle die Nummer des ADAC. Wir brauchen Hilfe! Im selben Moment stürzt mein Handy ab. Der Akku ist leer. Ok. Erneuter Startversuch steigert den Frust. Wir schleppen den Fernseher wieder ins Lager. „Der Wagen muss da weg," verkündet der Mitarbeiter, „Montag früh kommen um 6 die ersten LKWs." Mit seiner Hilfe schieben wir der Mini um die Ecke. „Wir holen ihn Montag mit dem ADAC ab," erklärt mein Mann. „Is recht!"- „ Sol ich noch mal versuchen?" „Ne, lass mal, das geht sowieso nicht." – Klick, brummmm!" Es geht wieder! Mein Mann rennt ins Kaufhaus zum Kassenautomaten. Den Motor lassen wir solange laufen. Erschöpft kommen wir um 20:35 Uhr zu Hause an. So eine Sch,,,,! Den Samstagabend Film sehen wir uns auf dem Computer an. Wir wollen gar nichts mehr, nur noch Ruhe! Der neue Fernseher kommt nächste Woche irgendwann..– wahrscheinlich senkrecht..

Öffentlicher Nahverkehr,...

Schon wieder fährt die S- Bahn nicht! In dieser Woche schon zum 2. Mal. Auf dem Busbahnhof drängeln sich die Fahrgäste. Alle wollen möglichst rasch einen Bahn-Ersatz-Bus erwischen, der sie an ihr Ziel bringt. Welchen Grund es wohl dieses Mal hat? Die Palette der Störungen ist bunt. Immer wieder finden sich bei Bauarbeiten Blincgänger aus dem 2. Weltkrieg. Zuweilen fällt ein Baum auf die Gleise. Es kommt leider auch vor, dass jemand hier sein Leben beendet. Derjenige, der Im Auto sitzt und Radio hört, erfährt, dass aktuell ein Unfall mit Personenschaden vorliegt. . Die Fahrgäste, die Vorort den Nahverkehr nehmen wollen, erfahren es nicht. Sie quengeln herum und mutmaßen, wer oder was schuld ist an ihrem Elend. – Was ist der richtige Weg für uns, die wir ja gern umweltbewusst´ wären? Mancher ist Teil einer Fahrgemeinschaft. So steckt der eigene PKW nur alle vier Wochen im Berufsverkehr. Einer fährt mit dem Fahrrad. Wetter kann ihn nicht schrecken. Ein anderer denkt gar nicht daran, sein Auto stehen zu lassen. Besonders alte Menschen verunsichert die tägliche Verkehrslage. Wie sollen sie zum Seniorentreff kommen, wenn am Bahnhof wieder alles drunter und drüber geht? Wenn die Busse überfüllt sind, kriegst du nicht mal ein Taxi. Da hat mancher Zukunftsvisionen, wo vielleicht autonome Fahrgastzellen Leute an ihre Ziele bringen. Diese beobachten das Fahrgastaufkommen und setzen selbstständig zusätzliche Fahrkapseln ein, so dass niemand lange warten muss. Leider bisher wirklich noch Zukunftsmusik. Die letzte ungeklärte Frage zielt auf den Antrieb ab. Diesel – zu schmutzig in der Stadt. Benzin? Zu teuer? Ein Hybridauto? – Naja, energieaufwändig in der Herstellung. So bleibt diese Frage noch ein wenig ungeklärt. Macht auch nichts. Der Fahrgast-Stau hat sich inzwischen aufgelöst. Die Bahn fährt wieder. Und was war nun? – Am besten fragst du zu Hause deine Familie, die Radio gehört hat oder du liest morgen früh die Zeitung, wenn du wieder warten musst.

Perlen vor...

Es regnet schon den ganzen Tag wie aus Kübeln. Sonntag. „Was wollen wir machen?" fragt er, „mir fällt hier das Dach aufs Hirn." Ihr geht es genauso. „Lass uns doch die neue Ausstellung in der Kunsthalle anschauen, was denkst du?" „Joah, kann man machen," mault er. Lieber wäre er jetzt an der Ostsee, aber ist ja nicht. Sie pellen sich aus den Hausklamotten und rüsten sich für die Unternehmung. Kaum hat sie die Tür geöffnet, peitscht ihr schon der Regen ins Gesicht. Das war es mit der Frisur. Na, ja, sie will ja nur ins Museum. Während der Fahrt unterhalten sie sich über ihren letzten Museumsbesuch, der schon einige Zeit zurückliegt. Von der Tiefgarage gibt es keinen direkten Zugang zum Museum! Also wieder durch den Regen. Igitt! Als sie endlich drin sind, ist nicht nur die Frisur im Eimer. Auch die Mäntel triefen vor Nässe.– 14 € pro Person kostet sie der Spaß. Und dann reihen sie sich ein in die Menschenmasse – haben die nichts anderes zu tun? – und starten den Rundgang durch die Klassische Moderne. Nach den ersten drei Sälen schauen sie einander betreten an. „Das sagt mir alles nicht viel," gibt er zu. „Mir auch nicht," sagt sie, „so richtig toll finde ich hier bisher nichts. Wahrscheinlich sind die Bilder Kunst, weil sie zu ihrer Zeit etwas Besonderes waren," vermutet sie, „aber heute?" Sie war gespannt auf den Strich der großen Meister. Berühmte Namen lassen eben Besonderes erwarten. Beide sind enttäuscht. Nach einer guten Stunde schleichen sie gelangweilt ins überfüllte Café. Cappu – der hilft immer. 13,40 €. – Als sie wieder im Auto sitzen, nachdem er den Parkautomaten mit 6 € gefüttert hat, ziehen sie Bilanz. „Wir sind dafür nicht geeignet," vermutet er. „Ist doch auch eine Erfahrung", sagt sie, „ Kunst ist teuer und nichts für uns." „Trotzdem gehe ich mit dir auch in Zukunft überall hin, Schatz", sagt sie, wirft ihm ein Küsschen zu und lacht. Wenigstens hat es aufgehört zu regnen.

Sehrsucht nach der heilen Welt.

Es ist doch sonderbar, dass es Großstadtmenschen zuweilen zu Kleinerem hinzieht. „Schatz, lass uns doch heute nach Lüneburg fahren." Lüneburg – allein das Wort lässt seine Augen leuchten. Lüneburg bedeutet malerische Altstadt, Straßencafés, entspannte Menschen. Natürlich scheint in Lüneburg auch die Sonne, damit man die Stadt so richtig genießen kann.

Kaum eine halbe Stunde Fahrt und runter von der Autobahn. Wir reihen uns in die Schlange der Fahrzeuge ein, die sich über den Zubringer Richtung Zentrum quälen. „Fahr doch hier mal rein, vielleicht finden wir einen Parkplatz". Und dann kreisen wir durch die engen Gassen. Anwohnerparken, Toreinfahrten, Parkverbote. Und noch einmal die gleiche Strecke, vielleicht.. Nein. Dann fällt uns der Parkplatz am Ende der Sackgasse ein. Tatsächlich! Zum Glück ist mein Auto klein, so kann ich mich in die hinterste Lücke quetschen. Der Große hätte nicht gepasst.

Wir starten zu unserem beliebten Stadtbummel. Touristenströme können uns die Freude an dieser wunderschönen Altstadt nicht verderben. Kunstvolle Giebel, Fachwerk & Co. „Schau, da ist ein Tisch in der Sonne frei!" Schon sitzen wir beim Cappucino mit Blick aufs Rathaus. People-Watching, herrlich! „Guck mal, der da! – Hast du die eben gesehen?" Dann verstellt eine Gruppe älterer Leute den Blick. Sie tragen alle das bedruckte T-Shirt einer Familien-Radwander Tour. Irgendwie sonderbar, 65jährige im weißen Motto T-Shirt. Wir verlassen unser Café und wandern über Kopfsteinpflaster zum Buchladen. Hier findest du alle Bücher zu reduzierten Preisen. Toll! Beladen mit reichlich neuem Lesestoff treibt es uns zum Knopfladen. Hier bekommt man emaillierte Griff-Knöpfe. Die brauchen wir nicht, aber sie sind so richtig schön. Dann zum Schokoladenmuseum. Da kommt mir gleich ein Spruch: „Schokolade musst du im Dunkeln essen, da finden die Kalorien dich nicht." Zurück am Marktplatz müssen wir noch etwas essen. Wir haben wieder Zeit zu schauen. Trotz des regen Treibens gehen die Uhren hier irgendwie anders. Gemütlich. Wie Urlaub. – Wir sind Rentner und haben immer Urlaub. Trotzdem. Auf dem Heimweg lächelt mein Mann still vor sich hin. Ich weiß, was er denkt. „Mann, war das wieder schön!" Hin und wieder brauchen wir Hamburger einfach den Besuch in der Kleinstadt. Hier scheint die Welt noch in Ordnung.– Natürlich bei Sonnenschein!

Geschenktem Gaul guckt man..........

Es kommt nicht von ungefähr, dass für manche schenken und verrenken recht ähnlich klingt. Gelegenheiten gibt es viele, aber zwei Anlässe hat wohl jeder Mensch, zu schenken oder beschenkt zu werden. Das sind Weihnachten und Geburtstag. Regelmäßig bedeutet es Stress und endet in der problematischen Klärung eines Wunsches. „Nun sag doch mal, was wünscht du dir?" „Ich wünsch mir nichts." „Das ist nicht nett. Du machst es mir schwer." – Wer sich nichts wünscht, verursacht Stress. So weit kommt das noch! Grundsätzlich sollten wir uns fragen, was uns Geschenke und ganz speziell das Schenken bedeutet. Wenn es zur Pflichtübung verkommt, wird es Zeit umzudenken. Materielles zu schenken kann manchmal Sinn machen. Meist hat man aber schon alles und Geschenke arten in den Erwerb von Luxus-Schnick-Schnack aus. Ein großes Geschenk ist deshalb Zeit. Zeit zu verschenken, bedeutet Wertschätzung. Eltern und Großeltern werden sich freuen, wenn Kinder und

Enkel sich Zeit für sie nehmen. Normalerweise sinkt die Zahl der gemeinsamen Tage, wenn Kinder erwachsen werden. Familienleben reduziert sich auf Mails und Telefonate. Wenn also Zeit verschenkt wird, ist das ein großzügiges Geschenk. Diese Zeit bedeutet zuhören, Interesse zeigen, dem anderen Wichtigkeit geben. Sie bedingt auch, dass du gleichzeitig nicht deinen eigenen Belangen nachgehen kannst und zugunsten des Beschenkten darauf gern verzichtest. Ein anderes gutes Geschenk ist ein Erlebnis. Nun wirst du die schwerhörige Tante nicht ins Konzert einladen und deine Schwester, die gerade mit einer Diät kämpft, nicht zum Schlemmermenü. Aber auch für Satte und die, die alles haben, findet sich eine gemeinsame Unternehmung oder ein besonderes Zusammensein. Ob der Beschenkte sich freuen wird? Ich kann Freude jedenfalls nicht heucheln, so wie damals, als ich ein grottenhässliches Nachthemd zu Weihnachten bekam. Eine schwierige Situation! - Einmal schenkte mir jemand zwei selbstgetischlerte Schubladen für meine uralte Nähmaschine. Darüber habe ich mich irre gefreut. Nicht nur, weil sie so schön waren, sondern auch, weil er sich die Zeit genommen hatte, sie zu bauen. Eine berufstätige Mutter freut sich schon über ein „freies" Wochenende. „Du kannst ausschlafen und brauchst dich um nichts zu kümmern. Wir übernehmen." Mein Mann ist supergespannt, was ihm zu seinem Geburtstag nächste Woche blüht. Ich kann Ihnen hier jetzt natürlich nichts verraten, aber er wird total überrascht sein, so viel ist schon mal sicher. – So oder so...

Lemminge!

Lemminge sind ungeheuer vermehrungsstarke Nager, die sich in Riesengruppen auf Wanderschaft begeben, um Nahrung zu finden, ganz nach dem Motto „folgt mir Brüder, hier gibt es Futter!" In der Hoffnung auf Fressen entsteht eine Massenbewegung, der, einmal drin, keiner entkommt, egal, wohin der Weg sie führt. Gestern haben wir uns geschämt. Warum? Wider besseren Wissens sind auch wir einkaufen gefahren, mit dem Ziel, Vorräte anzulegen für alle Fälle. „Alle Fälle" heißen momentan „Corona". Bei unserem Lieblings-Discounter gähnten uns leere Regale entgegen. Nudeln, Reis, Zucker, Mehl und sogar Tomatensoße fehlten komplett. Genauso im Supermarkt nebenan. Desinfektionsmittel war überall aus. Beim Seifenmarkt wurden wir Zeugen einer handfesten Kabbelei um drei Packungen Irgendwas. – Niemand schert sich um hunderte von Grippetoten jedes Jahr. Man weiß, dass es ein Risiko gibt. Manche lassen sich impfen, andere nicht. Ist so. Wer lesen kann, weiß, dass Corona oft ungleich schwächer verläuft, als Grippe und dass bei Einhalten der Hygieneregeln relativ wenig Gefahr droht. – Haben wir also keine anderen Sorgen? Oder glauben wir, gegen die wirklichen Probleme machtlos zu sein und beruhigen uns deshalb mit Aktionismus gegen die Bedrohung durch ein Virus, indem wir Klopapier und Mehl horten? – Die Charts: Corona verdrängt Greta vom ersten Platz und verweist die Wahlschlappe der CDU und das Versagen des HSV auf die Plätze. Was uns wirklich Sorgen machen sollte, ist nicht Corona, sondern unser Lemming-Verhalten. Einmal in Gang entscheidet nämlich nicht mehr der Einzelne. Die Masse bestimmt die Richtung. Und wenn das die Falsche ist? Das hatten wir schon mal! So take care of following the Lemmings!

Ich seh' den Himmel

Wir kennen uns schon ein paar Jahre, der freundliche Hinz&Kunzt-Verkäufer und ich. „Kennen" ist vielleicht zu viel gesagt, aber jeden Freitag, wenn ich einkaufe, treffe ich ihn. Wie leicht sagt man „den kenne ich". Seit langer Zeit hast du Berührpunkte mit einer Person und irgendwie gehört sie damit in dein Leben. Aber „kennen"? Ich habe auch täglich durch die Presse Berührung mit der Kanzlerin. Aber kann ich sagen, dass ich sie kenne?
Der sympathische Mann bietet bei Wind und Wetter vor dem Supermarkt seine Zeitung an. Mit vielen Kunden führt er Gespräche. Für jeden hat er ein freundliches Wort. Dieser Mensch strahlt etwas außerordentlich Positives aus.
Wenn er einmal nicht an seinem Platz ist, mache ich mir Gedanken, was wohl geschehen sein mag. Er schwänzt nämlich nicht. – Jörg Petersen engagiert sich für die Belange der Obdachlosen, obwohl er nicht mehr einer von ihnen ist. Er hat 110000 Unterschriften gesammelt, zur

Erweiterung des Winternotprogramms. Fast zwei Jahre lang haben wir gemeinsam an einem kleinen Buch über sein Leben gearbeitet. Es war eine harte Zeit für uns beide. Für Petersen, weil er all die Schwierigkeiten seines Daseins erinnerte und erneut durchlebte, für mich, weil ich lernen musste, dass ein Mann mit seinem Schicksal komplett anders tickt, als ich. Im Nachhinein sagt Jörg Petersen, dass der Prozess dieses Büchleins und meine hartnäckigen Fragen ihm halfen, sein Leben aufzuarbeiten, fast wie eine Therapie. Im vergangenen Jahr hat er eine Ausbildung zum Alltagsbegleiter für Senioren und Demente erfolgreich abgeschlossen. Mit 49 das erste Mal ein Beruf! Petersen hat sich mehrfach beworben. Er ist zuversichtlich, dass es bald mit einer Anstellung klappt, denn einer wie er ist wie geschaffen für diese Tätigkeit. Es muss eine feste Stelle sein, wo er genug verdient um die Miete für die Wohnung bezahlen zu können, die er gerade bekommen hat. Unser kleines Buch erfreut sich großen Interesses. Wir wurden bereits zu zahlreichen Lesungen gebeten, von der jede einzelne so anrührend und emotional war, wie es bei dieser Art des Literatur-Kennenlernens nur selten vorkommt. Das liegt zu einem großen Teil daran, dass Jörg Petersen das Interesse von Presse, Hörfunk und Fernsehen an seiner Person nicht zu Kopf gestiegen ist. Seine neue „Berühmtheit" hat ihn nicht die Bodenhaftung verlieren lassen. Er ist eben nur ein guter und glücklicher Mensch. Und das überträgt sich automatisch auf jeden, der mit ihm zu tun hat. Das Buch heißt „Ich seh' den Himmel..aber die Straße bleibt im Kopf". Einen Besseren kann ich mir auch für eine Fortsetzung nicht vorstellen. Ein richtiger Beruf und eine eigene Wohnung, dazu gute Freunde, das ist doch der Himmel – oder?

Hab ich Geld, bin ich Star!

Schnell laufen können sie, geschickt im Umgang mit dem Ball sind sie. So genannte Headhunter reisen durch die Welt, gern auch durch die Dritte und suchen nach Talenten für das große Geschäft. Von der Weide oder der Schulbank weg ins Fußballgeschäft! Finanzielle Angebote an die Familien tun den Vereinen nicht weh und sind Vorort eine Entscheidungshilfe. Das kann nicht gut gehen? In dem Moment, wo die kleinen Balltalente ihre Dörfer und Familien verlassen, werden sie entwurzelt. Im Fußballinternat eines europäischen Vereins hat das, was die Erziehung dieser Kinder bedeutet hätte, keine Wirkung mehr. Die neue Welt, fernab von zu Hause und Familie verstehen sie nicht. Wer ist ihnen Vorbild? Wem können sie vertrauen Wer will das Beste für sie? Wer erklärt ihnen die Welt? – Was hier zählt, ist allein der Erfolg. Wenn nach der Grundausbildung von 25 Kandidaten einer übrig bleibt, ist das viel. Ob auserwählt oder aussortiert, jedenfalls aus dem Boden gerissen.

Die einen gehen als Loser zurück in die Heimat oder ziehen ziellos durch das Gastland., die anderen lernen schnell das neue Maß der Dinge: Geld. Je mehr einer davon bekommt, desto berühmter fühlt er sich. Aber was ist der Preis? Dass sein Verein sein Leben kontrolliert und bestimmt, muss er hinnehmen. Nicht immer geht das reibungslos, denn Fußballspieler sind in mancher Hinsicht Sklaven ihres Clubs. Was fängt ein Jugendlicher mit Millionen an? Immer wieder hört man von Entgleisungen der Fußballspieler. Einer fährt ohne Fahrerlaubnis einen Ferrari, ein anderer kauft sich einen ganzen Fuhrpark von Luxuskarossen und fährt mit dem Maserati durch die Fußgängerzone seiner Gaststadt zum Bäcker. Ein dritter bestellt im Restaurant ein goldenes Steak. Was darf man erwarten, wenn 17jährige Millionen verdienen? Wie unangemessen ist das, wenn Familienväter sich für Bruchteile davon am Band krummlegen und eine Familie ernähren müssen?

Was soll man von jungen Leuten halten, die sich Friseure einfliegen lassen, um sich den neusten

Sidecut schneiden zu lassen? Eigentlich können sie einem Leid tun, diese Millionärs-Kinder. Ohne die Moral ihrer Eltern, ohne die Werte ihrer Heimat, ohne den Halt einer Familie sind sie Spielbälle des großen Geschäfts mit dem Sieg. Solange sie unverletzt sind, auch Profiteure. . Das Geld diktiert ihre Welt. Aber wehe, wenn sich die Verletzungen häufen und einer monatelang für seine Millionen auf der Bank sitzt. Dann wird er ganz schnell zu einer Ware, die man möglichst schnell verlustfrei losschlagen möchte. Verheerend auch, dass diese jungen Vielverdiener anderen Jugendlichen ein Vorbild sind. „Der kriegt 450000 € in der Woche!" Ob er das noch toll fände, wenn er wüsste, dass sein Papa das in zehn Jahren nicht verdient?? Fußball ist heute das, was früher die Gladiatorenkämpfe waren. Während der Begriff „Brot und Spiele" zur Zeit der Römer noch einen religiösen Hintergrund hatte, darf man heute davon ausgehen, dass Fußballfans ihren Sport wohl nicht mit Religion in Verbindung bringen. Manche sind eher Junkies, was die Spiele angeht, dürfen keines versäumen.

Andere leben für die Fußballgemeinschaft. In jedem Fall ist es der Tanz ums Goldene Kalb. Wenn dann Träume dazu kommen, von Millionen, die man als Jugendlicher mit diesem Sport verdienen kann, fällt es schwer, sich für einen Ausbildungsplatz als Dreher zu bewerben. Und allein darum sollte man einmal die Dotierung der Fußballgehälter überdenken. Manche finden diese Beträge schlicht ungesund, nicht nur, weil sie unangemessen sind, sondern weil sie die Jugend verderben. – Ganz egal wo.

Es grünt so grün, wenn..

Ich liebe den Herbst! Diese wunderbare Färbung der Blätter von grün über gelb, bis rot und braun, die ein Zeichen dafür ist, dass das Jahr seinem Ende entgegen geht. Die Bäume stoppen ihren Saftfluss und schließen die Blätter ab. Wenn du jetzt morgens deine Zeitung holst, wirfst du dir besser eine Jacke über, denn es ist in der Frühe empfindlich frisch. Erst im Laufe des Vormittags löst sich die Feuchtigkeit und wenn du Glück hast, kommt die Sonne raus. Wenn nicht, dann wird es trübe sein oder sogar nass vom Himmel fallen. Aber das macht dir, als Herbstmenschen, gar nichts aus. Du genießt die Herbsttage, besonders wenn ein Schwarm Gänse vorbeizieht oder die Schreie der sich formierenden Kraniche ertönen. Herbst bedeutet für dich, zur Ruhe kommen, die Hektik des Sommers hinter dir lassen und ganz gemächlich den Winter beginnen. Aber schon an Herbstnachmittagen zündest du dir Kerzen an, du kochst einen duftenden Tee und vielleicht hockst du mit einer Freundin oder einem Freund zusammen und ihr klönt über vergangene Zeiten. Nichts hat Eile. – Mensch, Mutter, – stöhnt der Filius, da schläft man ja beim Lesen schon ein! Herbst ist doch nix gegen nen fetzigen Sommer! Sich mit Freunden treffen bei 3ß°, Baden im Kiesteich, mit ner hübschen Schnecke in Mutters Cabrio an der Alster cruisen. Das hat was! – Ja, die Jugend, denkst du. - Dein Liebster steht auf Frühling. Er kann es immer kaum erwarten, dass der letzte Winterhauch sich verzieht, dass die Knospen wachsen, bis sie ganz prall sind und man fast eine Ungeduld spürt, weil sie sich öffnen wollen um die Blätter frei zu lassen. Und dann überzieht dieses saftige helle Grün die Bäume, dieses Erwachen-Grün, das es nur im Frühling gibt. Ein Gefühl wie „es geht wieder los!" stellt sich ein und die Frühlingsmenschen wissen vor lauter guter Laune kaum wohin mit sich. - Winter-Liebhaber kenne ich wenige. Die Zahl derer, die noch Skifahren, nimmt ab, und für laue Winter mit ohne Licht begeistert sich kaum einer, denn die Knackigen mit Schnee und zugefrorenen Teichen sind immer seltener. – Dabei, so richtig festlegen auf eine Jahreszeit möchtest du dich eigentlich nicht. Jede hat ihren Reiz, wenn auch nicht so wie deine Lieblingszeit. Missen möchtest du keine, denn der sich stets wiederholende Wechsel ist lebendig und spannend, immer wieder! Kein Wunder, dass deine Freundin, die auf Barbados lebt, so gern im Winter zu Besuch kommt. „Ich brauch das", sagt sie, „immer diese Sonne geht mir auf den Keks." Sie kann die nicht verstehen, die den Herbst und Winter über in den Süden fliegen, um durchgehend Sonne zu haben. „Wie langweilig", denkst auch du. Und doch! Wenn dich dann in feuchter Herbstluft dein Zipperlein plagt, dann hättest auch du gern lieber Wärme. – Sehe ich wieder durch meine rosa Brille? Ist es nicht so, dass wir eigentlich nur noch ein Gemisch der Jahreszeiten erleben? Im Mai hat es plötzlich und ohne Vorwarnung 30°, im August regnet es bei 17°, im November kannst du im Poloshirt spazieren gehen und Weihnachten wagen sich die ersten Krokussen raus und schauen, ob es schon soweit ist. Aber auch das ist recht. – Hauptsache das Leben genießen!

Es gibt Dinge, die wir nicht verstehen müssen

Geh mir weg mit Esoterik! Davon halte ich so gar nichts. Und doch gibt es Umstände, die so manchen nachdenklich machen oder sogar zur Meinungsänderung bewegen. Gerda hat es erwischt. Sie fühlt sich matschig. Wahnsinnige Ohren- und Kopfschmerzen begleiten sie vom Aufstehen an. Der HNO Arzt bestätigt, dass das Ohr ok ist. Dann entdeckt sie eine kleine blutige Stelle unter dem Haar an der linken Schläfe. Als die nicht heilt, geht sie zum Praktischen Arzt. Die Blutuntersuchung ergibt nichts. Gerda sucht einen Hautarzt auf, denn inzwischen sind die Schmerzen mehr als deutlich. Der wirf nur einen Sekundenblick auf die Wunde und stöhnt „Au, das tut weh! – Sie haben eine Kopfrose." Er verschreibt Medikamente gegen die Viren und starke Schmerzmittel gegen die Nervenschmerzen. Inzwischen hat Gerda nässende Pusteln über die ganze linke Gesichtshälfte. Eine Freundin rät ihr, die Rose parallel sofort besprechen zu lassen. Was die früher gern als Spökenkiekerei abtat, scheint ihr nun die Rettung. Die Heilerin ist selbst nicht gesund. „Ich kann nur noch wenig", merkt sie an, „aber bei Gürtelrose muss ich helfen." Gerda braucht drei Sitzungen. Dann sind die Pusteln trocken und heilen ab. Kaum zu glauben! „Glaubst du denn an so was?" fragt ihre Freundin. „Das muss ich nicht", antwortet Gerda, „es funktioniert trotzdem." Aber für sich hat sie entschieden, dass die Heilerin Fähigkeiten hat, die sie nicht erklären kann und muss. Und das glaubt sie ganz fest. – Else fühlt sich schlapp und müde. Sie greift nach einem Strohhalm. Eine Heilpraktikerin und Kräuterfrau im Norden bietet ihr an, zu telefonieren. Während des Gespräches stellt sie fest, dass fremde Energie Else Kraft nimmt. Sie bittet um etwas Geduld, während sie Else davon befreien will. Anhand eines Fotos von Else will sie auch Mineralstoffmängel erkannt haben. – Hokuspokus? Fest steht, dass Else sich nach dem Telefonat frisch und wie befreit fühlt. Und nur das zählt doch, oder? – Wir glauben auch erst an Schutzengel, wenn uns mal einer geholfen hat. Wäre es nicht schön, wir könnten von vornherein positiv denken und auf eine höhere Macht vertrauen, die es gut mit uns meint? Alles kommt so, wie es soll. Wir müssen nicht alles glauben, was sogenannte Wunderheiler versprechen. Aber wir sollten wissen, das es Dinge zwischen Himmel und Erde gibt, die wir nicht verstehen können und auch nicht müssen.

Gern Partner-Vermittlung, aber bitte nicht so!

Gelegentlich wird gefragt, wo ein Paar sich kennengelernt hat.

Immer häufiger hört man: Durch eine Dating-Agentur. Für moderne Leute, gleich welchen Alters, ist das inzwischen ein normaler, gern genutzter Weg. Neuerdings liest man supergroß an den Bushaltestellen Werbung für eine C-Date-Agentur. Texte wie „Mein eigenes Bett kenne ich ja schon" oder „Sie tragen doch auch nicht jeden Tag die gleichen Schuhe" wollen also gar nicht erst so tun, als suche man jemanden fürs Herz oder für das Leben. Bei Anwahl der Vermittlung werden lediglich ein paar Äußerlichkeiten abgefragt und schon kann man sexuelle Vorlieben (flotter Dreier, Fetisch, Soft-Bondage) und die Art der Beziehung (unverbindlicher Flirt, erotische Auszeit vom Alltag, sinnliches Abenteuer) anwählen.

Nach Aussage weiblicher User herrscht hier gefühlter Männerüberschuss. No Hemmungen bei einem guten Teil der Herren, die oft vergeben und gebunden sind.. Manch einer behauptet, seine Frau wisse von seinem Hobby und fände es toll, dass er jetzt seine Vorlieben ausleben könne, die sie ihm nicht erfüllen wolle.

Jeder soll, im Rahmen der geltenden Moral, nach seiner Facon seelig werden. Ein offener Umgang mit dem Thema „Sexualität" ist wichtig und richtig. Die öffentliche Aufforderung zum Geschlechtsverkehr, bzw. zum Fremdgehen oder zu wechselnden Geschlechtspartnern geht manchem aber zu weit. Das ist definitiv die falsche Botschaft für Kinder und Jugendliche! Hier wird für die schnelle Befriedigung sexueller Vorlieben öffentlich geworben. Subtil suggerieren die Werbetexte, dass Promiskuität cool sei. Menschen werden zu austauschbaren Spielfiguren, Sex zur Ware und unsere Gesellschaft zum Bordell. Falsche Erwartungshaltungen, Enttäuschung und Fehlverhalten sind womöglich bei Heranwachsenden die Folge. Mancher findet diese Art der Werbung schlicht geschmacklos und peinlich. – Andere machen sich Gedanken um das

Jugendschutzgesetz und erwägen eine Beschwerde beim Deutschen Werberat einzureichen. – Was ist richtig?

...als wäre ich 105 Jahre alt!

Fällt dir auch auf, dass du dich, je älter du wirst, immer häufiger über Wehwehchen und Krankheiten unterhältst? Viele Bekannte jenseits der magischen Grenze „60" haben Bluthochdruck, Ärger mit dem Cholesterin oder inzwischen Ersatzteile im Körper. Die dritten Zähne kommen heute oft in Form von Implantaten daher und sind als solche kein Problem. Anders die Kunststoffteile, die man zum Reinigen herausnimmt und danach mit Haftcreme wieder einsetzt. Vor diesem Schritt hält man so lange an dem letzten eigenen Zahn fest, wie es nur geht. Auch künstliche Gelenke, wie Knie oder Hüfte, sind heute kaum mehr ein Problem. Sind die eigenen abgenutzt, wird der Austausch fällig.
Gut ist, wenn du selbst merkst, wo es bei dir hapert. Peinlich dagegen, aber gut gemeint, wenn dir eine Freundin im Vertrauen die Hand auf die Schulter legt und dir ins Ohr flüstert: „Meinst du nicht auch, du solltest eine Perücke beantragen? Man sieht hinten schon überall deine Kopfhaut." –

Älter werden heißt jedoch nicht, dass du aufgeben darfst. Glaube nicht, dass es für die Füße, die dich bisher durch dein Leben getragen haben, nun, wo sie einen Hallux haben, nur noch Gesundheitsschuhe in frechem Beige mit Gummisohle gibt. Da geht mehr! Du musst auch nicht, nur weil du die 70 überschritten hast, zu kräftigem Rot oder Pink greifen. Diesen letzten Versuch, gesehen zu werden, kannst du dir schenken. Er führt ins nirgendwo, wo du dann doch wieder auf freundliches Grau oder Beige kommst. Gönn dir eine Farb- und Styleberatung. Im Alter ändern sich Haut- und Haarfarbe und das hat andere Kleiderfarben zur Folge, als die, die du gewohnt warst. – Kleidung und Styling sind das eine. Das andere ist dein Wohlbefinden. Wahrscheinlich steigst du nicht mehr gern auf die Leiter und putzt im 2. Stock deine Fenster. Auch das Staubsaugen wird zur Kraftübung und die Matratze allein zu drehen, unmöglich. Auch wenn es dir schwerfällt, das alles zu akzeptieren, tu dir Gutes, genieße deine Tage, und zwar jeden! Bedenke, jeder ist der erste vom Rest deines

Lebens. Eine Freundin regte sich auf über ein Kondolenzschreiben folgenden Inhaltes: >Er ist nun der erste in der Kette der Freunde, der gehen musste. Carpe Diem, denn jeder von uns kann der nächste sein<. Aber hat der Verfasser nicht recht? Alles was dir im Alter noch Schönes begegnet, ist Bonus, ist eine Zugabe auf dein Leben. Lass uns dieses Extra dankbar annehmen und nutzen. Es gibt noch Zeit genug, sich „alt" zu fühlen. – Später! – Auch wenn du jetzt schon so manchen Morgen beim Aufstehen das Gefühl hast, du wärest gerade 105 geworden.

Bewegung, bitte!

Helmut Schmidt war Raucher bis zum Schluss und wurde sehr alt. Churchill trieb nie Sport, was ihm sehr gut bekam. Wahrscheinlich kennst du noch mehr solche Beispiele? Nimmst du die womöglich als Vorwand dafür, dass du selbst keinen Sport treiben musst? – Ganz schlecht! Jeder weiß, dass Bewegung das erste Mittel zur Gesunderhaltung ist. Herz-Kreislauferkrankungen, Fettleibigkeit,

Nervenkrankheiten und sogar psychische Erkrankungen lassen sich durch ausreichend Bewegung bessern oder sogar verhindern. Sport ist heute jedem zugängig. Auch völlig kostenfrei. Joggen, Walken, Radfahren, Inlineskating, Skifahren, Wandern und Klettern kann jeder für sich und ohne zusätzliche Kosten anwählen. Beiträge in Sportvereinen halten sich in Grenzen. Mannschaftssportarten, wie Fußball, Handball, Hockey, Basketball und Volleyball trainieren dazu auch noch das Sozialverhalten, die Empathie- und Teamfähigkeit, was einem in jedem Beruf zugute kommt. – Was Sport angeht, fühle ich mich tatsächlich als Missionar. Wenn schon Grundschüler an Übergewicht leiden, wenn Jugendliche nur vor dem Bildschirm hängen, dann sind die Folgen für unsere Gesundheitssystem nicht mehr zu tragen. Haltungsschäden, Rückenleiden, frühzeitiger Knie- und Hüftgelenksverschleiß, sowie Herz-Kreislauferkrankungen sind die Folge. Kinder, die nicht rennen, toben, an Klettergerüsten turnen oder auf Bäume klettern, die nicht Fußball spielen oder Gummitwist hüpfen, entwickeln weniger Muskulatur für den Halteapparat. Ich erinnere mich an eine Sportstunde. Da gab es mehrere Kinder, die nicht hüpfen oder rückwärts laufen konnten. Beim Bodenturnen verlangte ich eine Rolle vorwärts. So einen Purzelbaum hat jedes Kleinkind im Programm – dachte ich. Ein 11jähriger Schüler erklärte mir jedoch, dass er keine Rolle könne. Ich fühlte mich erst veralbert, bis ich merkte, dass es ihm ernst war. Ich versicherte ihm, dass er es mit meiner Hilfe schaffen würde. Wie sehr hatte ich mich geirrt! Hilfestellung war gar nicht möglich. Er rollte los, ohne jegliche Körperspannung und brach dann wie ein Pudding über sich selbst zusammen. Ich musste befürchten, er könne sich ernstlich verletzt haben. Zum Glück war das nicht so. Nie wieder habe ich jemanden überredet, etwas zu turnen, was er nicht wollte. Aber das ist etwas anderes als der generelle Anspruch, sich regelmäßig zu bewegen. Schon sehr lange fordern wir die tägliche Sportstunde für Kinder in der Schule, die es leider noch immer nicht gibt.

Unserem Gesundheitssystem würde das jedenfalls sehr entgegenkommen. Zumal, wenn diese Kinder es auch als Erwachsene noch für selbstverständlich ansähen, dass man Sport treibt und das auch voller Freude an der Bewegung tun. Wie in Asien sollte es auch bei uns mehr um Gesunderhaltung gehen, als um Schadensregulierung gehen. – Jetzt mute ich Ihnen wieder einen dieser belehrenden Texte zu, was gar nicht meine Absicht war. Wenn Sie nun sagen, „Einmal Lehrer, immer Lehrer", gebe ich Ihnen Recht. – Aber ehrlich, ich kann mir ein Leben zwar ohne Fernsehen, jedoch nicht ohne täglichen Sport vorstellen.

Kann das weg?

„Heute bleiben wir zu Hause und räumen auf",
verkündet er nach dem Frühstück. „All diese
Gläser, Pütt un Pann können doch in den Keller.
Dann haben wir hier oben mehr Platz. „Warum
sollten all meine schönen Gläser in den Keller?",
antwortet sie empört. „Na, weil die kein Mensch
braucht!" „Na hör mal, du vielleicht nicht!" Und
schon ist Stress in der Hütte. Er neigt dazu, all
das, an dem sein Herz nicht hängt, zu verbannen,
am besten gleich total. Sie sammelt Schönes. Da
bekommen die Gäste ihren Grappa aus antiken
Gläsern und freuen sich über die schönen
Formen. Das Dessert präsentiert sich in
Meissener Schüsselchen. „Mach doch deinen
Kram allein!" schimpft er, „Wenn ich schon
wieder keine Ahnung hab." Dann räumen sie aber
doch gemeinsam. Sie ist bereit, einzelne Teile zu
entfernen. „Die bringe ich morgen zur Deponie",
schlägt er vor. „Ne, da weiß ich was Besseres",
unterbricht sie ihn. Wir geben das ins soziale
Kaufhaus." – Nun haben sie Platz im Schrank.

Wie lange wird es dauern, bis der sich wie von Zauberhand wieder gefüllt hat? Jeder hat wohl solche „Ecken" in der Wohnung, die er öfter mal überprüfen sollte. Ganz oft wird man feststellen, dass Dinge, die man dort gehortet hat, anderen noch nützen könnten, während man selbst sie von rechts nach links schiebt. Geschirr, Gläser, Bestecke (das Große von Oma!) aber auch Bettwäsche, Tischtücher und vor allem Kleidung. Wer die second hand anbieten will, sollte sich gut informieren. „Normale" Sachen verkaufen sich schwer oder zu sehr kleinen Preisen. Da bietet sich an, sie zu verschenken. Wer Designer Kleidung weiterverkaufen möchte, kann das selbst auf Internetportalen tun oder den Verkauf Profis übertragen. In der Regel ist das Selbermachen finanziell einträglicher. Die Luxus-Portale werden dagegen häufiger besucht. Die Gefahr, dort gleich Nachfolgemodelle für die Aussortierten zu bestellen, ist groß. „Schau mal, Schatz, hier ist eine zaubersüße Lederjacke im Netz..." Ein Stöhnen kommt aus dem Schrank. „Wollen wir mal schauen, wie viele Lederjacken sich hier schon drängeln? – Davon können doch bestimmt drei weg, oder?" „Wieso das denn?" fragt sie empört. – „ Du gibst eine weg und holst zwei Neue dafür. Wann willst du die tragen?" „Das verstehst du nicht!" – Dann sie: „Schau mal, hier sind gleich drei Schraubenzieher Gr 2. Brauchen wir die alle?" „Das ist Werkzeug, das braucht man immer."– „Hast du die Kolumne schon gelesen? Kann die weg?" „Du weißt, dass ich die sammle?" – Was wer entbehren kann, ist sehr unterschiedlich und verlangt zuweilen schmerzhafte Kompromisse. Aber woran sein Herz hängt, entscheidet jeder nur für sich selbst. Es ist leicht, sich von Dingen zu trennen, die einen nicht interessieren. Es geht um die anderen! –Die Entscheidung, ob man sich weiter damit abgibt oder lieber nicht, betrifft zuweilen auch Bekanntschaften. Empfindest du dein Engagement als einseitig, findest du, dass die andere sich zu wenig einbringt, prüfe das genau, bevor du entscheidest –kann sie wirklich weg?

Männer ticken anders – Frauen auch.

Typisch „Mann"! – Frau weiß, was ich meine. Oft ticken Männer und Frauen völlig verschieden. Du hängst dein Handtuch an den Haken und betrittst die Dusche im Sportclub. Was du siehst, ist keine Überraschung. „Typisch Mann", denkst du. Frau ahnt schon, was das bedeutet. Die Dusche wurde offensichtlich von einem Mann gebaut, denn der Duschkopf ist in einer Höhe von ca. 2.30 Meter fest installiert. Männer duschen so, Frauen nicht. Die haben es nicht so gern, wenn kurzes Duschen nach dem Sport gleichbedeutend ist mit Frisur ruiniert, Gesicht abgeschminkt, und alles nur, weil der Wasserschwall sich von oben ergießt und nicht zu lenken ist. Die planende Frau gestaltet eine Dusche so, dass es mindestens einen zweiten, beweglichen Duschkopf gibt, der es den Damen nach dem Sport ermöglicht, auch nach dem Duschen noch am gesellschaftlichen Leben teilzunehmen. Will heißen, mit heiler Frisur, intaktem Make-up und trotzdem sauber. – Wie oft hört sie „Ach Schatz, mach das doch einfach so. Das ist doch ganz einfach!" Leider betrachtet er das Problem und seine Lösung nur von der eigenen, männlichen Warte. Er kann nicht verstehen, warum sie Schwierigkeiten hat, wo es doch für ihn ganz simpel ist. Andererseits fallen ihr Aufgaben leicht, die sie intuitiv als Frau schnell durchschaut, während ihm schlicht das Verständnis dafür fehlt. Die meisten Frauen sind beispielsweise multi-task-fähig. Das bedeutet, dass sie mehrere Dinge gleichzeitig erledigen können. Es ist für sie ein Klacks, während sie am Herd steht und ein leckeres Mahl bereitet, Pfannen und Töpfe nebenbei gleich wieder abzuwaschen und wegzustellen, mit ihrer Mutter zu telefonieren und dem schreienden Baby den Schnuller zu suchen. Er kocht hervorragend, hat allerdings später gut zu tun, die Küche, übersäht mit Spritzern, Eingebranntem und benutztem Geschirr, wieder aufzuklären. Zwischendrin schreit das Baby und er kümmert sich. Er kann gut mit Kindern! - Schatz, was stinkt hier so, es brennt was!– Ups, ich hab nur nach Baby gesehen. – Das war wohl für das Schnitzel zu lange. – Wenn der Computer mal wieder spinnt, kommt ihr seine Coolness allerdings sehr entgegen. Er scheut sich nicht vor der Technik und probiert, wo der Fehler liegen könnte. Sie fürchtet sich davor, womöglich etwas kaputtzumachen, weshalb ihr sofort der Schweiß ausbricht. – Natürlich male ich hier schwarz-weiß, natürlich gibt es sie, die technisch begabte Frau und den multitaskfähigen Mann. (bitte melden!) Und nun noch eines obendrauf. Frau stichelt selbst gern über andere, genießt jedoch sich zu empören, wenn ihr Mann sich über andere lustig macht. Wer im Glashaus sitzt, denkt sie. Sie straft seine Überheblichkeit mit Bosheit. Er: Ich geh im Urlaub nicht im Kurbad schwimmen. Da kannst du allein hingehen! Das Durchschnittsalter ist da 80! Schrumpeln steckt an! Sie: Du hast Recht, wir werden im Alter nicht schöner. Aber lässt sich denn gegen deinen Bauch und dein Doppelkinn gar nichts tun? – Ich finde, so verschieden sie auch sind, Frauen und Männer ergänzen sich doch manchmal perfekt!

Pumps und Blumenkübel – ein Frauen-Gen?

„Schatz, ich bin mal kurz in der Gärtnerei", ruft sie ihm zu und schon rollt das Auto vom Hof. „Ach, du lieber Himmel!", denkt er. Diese kleinen Ausflüge in Gartenmärkte, und Gärtnereien kennt er schon. Hier kann sich seine Liebste tagelang aufhalten. Er will nicht rumtreiben sagen, aber irgendwie passt das besser. Wenn es beim Rumtreiben bliebe, sollte es ihm eigentlich egal sein, aber diese Ausflüge enden in der Regel genau wie die Besuche von Schuhgeschäften. Seine Frau kann nicht genug bekommen, von Pflanzen wie Schuhen, gleichermaßen. Ob es dafür eines besonderen Gens bedarf oder ob es vielleicht einen Namen für diese Sucht gibt? „Schuhsucht" ist überwiegend weiblich. Frauen definieren sich durch ihre Schuhe. Sie tragen sie nicht nur, damit sie ihre Füße vor Schmutz und Verletzungen schonen, ganz im Gegenteil. Wenn Frau vor einem Paar Highheels mit 12 cm hohen Absätzen dahinschmilzt – bezaubernd diese Proportionen! – weiß sie, dass sie

Rückenschmerzen riskiert, wie jeder Junky die Gefahren und Folgen seiner Sucht kennt.

Manche Frauen gehen ja soweit, dass sie ihren Lieblingspumps ins Bücherregal stellen, wie eine Skulptur, von der sie verzaubert sind. Genauso versonnen wie vor ihrem Schuh – ein Traum! – steht sie vor einem Pflanzkübel voller Bayrischer Geranien. Die Blütenpracht nimmt ihr den Atem und berauscht. Deshalb bleibt es auch nicht bei dem einen. Schon im Frühjahr müssen die ersten Hornveilchen dicht gedrängt in einen Kübel. Sie mag nur gewisse Farben, bloß nicht bunt, bloß nicht verschieden! Eine Sorte pro Pflanzgefäß, dafür aber ganz viele, so hat sie es gern. Das ist bei den Schuhen ganz anders. Viele Sorten, viele Farben. Sogar rot-gelb-grün und blau an einer Ballerina findet sie entzückend. Beim Sport bewundern Mitspielerinnen ihre ungewöhnlichen Sneakers, seien sie nun lachsrot oder metallic grün, jedenfalls anders als Sportschuhe im Allgemeinen. – Was ist es also, das Frau so süchtig macht, nach Schuhen und Pflanzen? Ich vermute, eine Schuhsammlung gehört zum

Fundus der Frauen, die sich täglich neu erfinden, für die das Leben eine Bühne ist, wo die Rollen der Mitspieler variieren. Pflanzen in berauschend duftender Menge zeugen von Aufbruch zu Neuem, von Fülle und Genuss. Vielleicht ist es nicht nur eine Sucht, Mag sein, es ist doch ein besonderes Frauen-Gen für Sinnlichkeit und Lebenslust. – Als sie von ihrem Besuch in der Gärtnerei zurückkommt, ist das Auto voll beladen mit Grünem und Blühendem. Einige Wedel winken zum Schiebedach heraus.

Er lächelt hingerissen, als er der liebsten und schönsten aller Blumen das Tor öffnet. Wann öffnen die Schuhgeschäfte eigentlich wieder?

Endlich eine neue Küche!

Müllers haben sich entschlossen, eine neue Küche einbauen zu lassen. Umwälzende Veränderungen, wie diese, brauchen Zeit und Planung. Nachdem alles ausgemessen ist, gehen sie ins Fachgeschäft und lassen sich beraten. Schnell wird klar, dass dies kein billiges Vergnügen wird. Es nützt ja nichts... Acht Wochen Lieferzeit sind ungewöhnlich wenig und noch zu kalkulieren, denn es gibt zuvor genug zu tun. Sie unterschreiben den Kaufvertrag. Zügig machen sie sich dran, die Schrankinhalte auszulagern, was nicht nur Unordnung in der ganzen Wohnung bedeutet. Nein, es finden sich auch Dinge, die sie längst vergessen hatten! Aber... Dann kommt der Installateur und schließt den Wasser- und Gasanschluss. Damit ruht hier der Betrieb. Das ist blöd, aber...Die Patina vergangener Jahrzehnte muss nun weichen. Die Bodenfliesen kommen raus, denn nun soll es ganz modern werden. Terrazzo, näh. Die Woche über kommen sie nach der Arbeit nicht mehr zu viel.

Abendessen wird bestellt oder bei Freunden eingenommen. Hauptsache irgendwie! Am Wochenende schaffen sie dann mehr. Zwischendurch elende Rückenschmerzen vom Hantieren mit den schweren Maschinen. von den schönen, alten gelben Wandfliesen mit den Klebebildern drauf wollen sie sich verabschieden. Der Staub kriecht überall hin. Eklig, aber.. Unter der In der siebten Woche ruft Herr Müller im Fachgeschäft an, um den genauen Liefertermin in der kommenden Woche abzusprechen. „Wie? Welche Lieferung?" hört er und glaubt, es sei ein Scherz. Es stellt sich heraus, dass der bearbeitende Mitarbeiter diesen Auftrag gar nicht weitergegeben hat. „Eine neue Bestellung dauert,.. Sie wissen ja." Der Firma ist der Vorgang äußerst peinlich und sie versuchen alles Mögliche, um die Lieferzeit zu verkürzen. Die Zusage, die sie dann machen: Sonderanfertigung, weitere vier Wochen Vorlauf. Für die Zwischenzeit versprechen sie eine Übergangslösung. Müllers sind richtig sauer. Ohne Küche ist das Leben schwer. Wenn kein Wasser aus dem Hahn kommt, wenn kein Herd da ist.. Eine Microwelle steht jetzt im Arbeitszimmer, wo sich auf dem Schreibtisch auch das Geschirr türmt. Zum Hin- und Hertragen steht eine Plastikwanne bereit, denn abgewaschen wird in der Badewanne. Der inzwischen total renovierte Küchenraum wartet mit frischen Wänden und neuem Bodenbelag auf die Vollendung. Wer weiß, welche Ungereimtheiten sich beim Einbau der Schränke und Geräte noch ergeben. Man ist inzwischen skeptisch. Müllers brauchen Urlaub, wenn alles vorüber ist. Sie sind mit den Nerven zu Fuß. Frau Müller fragt sich inzwischen, ob eine neue Küche wirklich nötig war. „Wir schaffen das schon", tröstet die Tochter des Hauses – eine wahre Hilfe – „Tschüs, ich bin bei Marcus zum Essen eingeladen."

War das alles?

Obwohl es sich gar nicht vermeiden lässt, verdrängen wir gern das Thema „Sterben". Dabei gehört es zu unserem Leben, wie die Geburt. Nur dass es eben das Ende bedeutet. Durch den plötzlichen Tod eines Menschen ist das Thema akut. Du trauerst mit den Angehörigen und gleichzeitig weißt du, dass es für sie jetzt gerade keinen Trost gibt. Du weißt aber auch, dass Schweigen alles noch viel schlimmer macht, denn das lässt die Hinterbliebenen allein. Der Tod hat für jeden der Beteiligten eine andere Bedeutung. Für den, der schwer krank war, ist er womöglich das ersehnte Ende, die Erlösung von Schmerzen, das Licht am Ende eines dunklen Tunnels. Für die, die bleiben, bedeutet sein Tod großen Verlust, eine Lücke, die sich nie wieder schließen wird. Die verschiedenen Religionen vermitteln höchst unterschiedliche Bilder für die Zeit nach dem Ableben. Wir sprechen von einem Leben nach dem Tode, woran manche fest glauben und was für andere unvorstellbar ist. Buddhisten glauben an neue Inkarnationen. Realisten denken, dass mit dem Tod eben alles vorbei ist. Asche zu Asche, Staub zu Staub. Fertig. – Aber insgeheim fragt sich doch mancher „Das kann doch nicht alles gewesen sein?" Da hat man so viel erlebt in all den Jahren und das soll plötzlich im Nichts enden? – Denen, die daran glauben, dass es irgendwie nach dem Tode weitergehen wird, machen diese Hoffnung und dieser Trost den Verlust eines geliebten Menschen leichter. Auch die Furcht vor dem eigenen Ableben wird geringer. – Es geht dabei nicht nur um den Umstand des Tot-Seins, sondern vielmehr um das Sterben selbst. Davor haben wir Angst. Wir wissen nicht, wie das sein wird. Und wie alles Unbekannte verunsichert uns das. – Für die Dauer unseres Lebens haben wir einen Körper als Leihgabe bekommen. Den müssen wir gut pflegen, damit er all die Jahre möglichst ohne größere Schäden übersteht. Wenn wir dann irgendwann gehen müssen, hat dieser Körper meist doch die eine oder andere Delle einstecken müssen. Manche sind auch regelrecht am Ende.

Alle haben   ausgedient und werden begraben oder verbrannt. Was von uns übrig bleibt, ist nicht greifbar, aber die Erinnerung an uns bleibt. Menschen, die unter Hypnose schon einmal eine Rückführung erlebt haben, glauben, dass das, was uns ausmacht, sich neue Körper sucht und immer wieder neue Leben durchwandert. Schön, wenn man am Ende eines Lebens mit dem Gefühl geht, dass man nichts versäumt hat. Nicht schön, wenn das Bewusstsein – ach, hätte ich nur..– das Ende überschattet. Übrigens: Manche spüren ihre Toten nach deren Ableben noch lange um sich herum. Sie stellen sich vor, sie seien gleich nebenan, man kann sie zwar nicht sehen, aber man kann mit ihnen reden. – Und sie lassen uns erst allein, wenn wir sie gehen lassen...

231

Ein Mann muss tun, was ein Mann tun muss.

Schaut mal, was ich ersteigern konnte. Die Freunde, alle im Spätsommer Alter, jubeln. G.F: Ungers Wildwest Romane! Die habe ich verschlungen! Einfache Sprache, alles im Präsens – diese Art Groschenroman kam mir als Jugendlichem in den 60er Jahren gerade recht. Wenn ich sie gelesen hatte, tauschte ich sie an einem Stand auf dem Wochenmarkt. Gegen drei Gelesene bekam ich ein Neues oder ich kaufte Gebrauchte für je 20 Pfennige. Meist las ich sie auf dem Klo! – War der Inhalt so schmutzig? will seine Frau wissen. Näh, gar nicht. Es ging immer um Gerechtigkeit und das damals übliche Bild von Männlichkeit. In den Helden konntest du dich wunderbar hineinträumen. Ich erinnere noch gut diesen einen markigen Satz, der immer dann kam, wenn die Geschichte sich einem Wendepunkt näherte. Dann nämlich kommentierte der Held mit den Worten >Ein Mann muss tun, was ein Mann tun muss!< und ritt in die untergehende Sonne . – Boah, was für ein Kerl! Es kam ein Gefühle auf von Mann Pferd und Freiheit. Die Männer sind sich einig, G.F.Unger war einfach nicht zu toppen. Aber auch die Frauen rühren in Nostalgie. – Erinnert ihr die Jerry Cotton Hefte? – Oh ja! Und wie! Das war ein toller Mann! Na ja, so spannend waren die Romane nicht, aber Jerry und das Auto! Dieser rote Jaguar E! Ein Traum! – Genau auf diesen Traum habe ich jahrelang gespart, gibt eine zu. Als ich dann genügend Geld hatte, waren die Dinger nur noch in Zuständen zu haben, die mit meinem Traum wenig gemein hatten. Schließlich will Frau ja mit so einem Schlitten auch glänzen.– Versteh ich nicht, meint eine andere. Ein Auto? Näh. Ich liebte die Lore Romane. Das war damals meine Literatur fürs Herz, gerade richtig um Hoffnungen zu wecken. Wenn die arme Dienstmagd, dazu noch Waise, nach reichlich Ärger mit der Gutsherrin dann doch von deren Sohn geheiratet wurde, dann konnte man aufatmen und mit Tränen der Rührung in den Augen beruhigt einschlafen. – Es gab es eine ganze Reihe verschiedener Genres. Ich las am liebsten Arztromane. Das Strickmuster war natürlich das gleiche, wie in allen anderen Serien auch: Die arme Krankenschwester musste durch die Tiefen ihres Schicksals, bevor der reiche Chefarzt sie ehelichte. Die sie mobbende Oberschwester zog nach Hintertupfing. Da konnte sie ihr nicht mehr gefährlich werden. Die Gewissheit, dass auf jeden Fall auch der schlimmste Konflikt gut ausging, beruhigte die Leserin von Beginn an. Aber obwohl sie das wusste, fieberte sie trotzdem mit. Wenn die arme Dienstleistende litt, nahm sie Partei für die vom Unrecht Verfolgte oder vom Glück verschmähte. Das Herzrasen hörte erst auf, wenn dem Objekt der Begierde – meist der Herr Professor oder der Herr Direktor– endlich ein Licht aufgegangen war. – Heute und im wirklichen Leben ist das nicht viel anders, oder? – Schatz, könntest du bitte mal eben meine Mutter anrufen? – Näh, Mausi, sorry. Ich muss noch dringend was erledigen. <Ein Mann muss tun, was ein Mann tun muss!> und schon entschwindet er genau hinein in die untergehende Sonne...

Gewohnheit oder schlechte Angewohnheit?

‚Gewohnheit' – das klingt irgendwie langweilig und einförmig, jedenfalls nach wenig Abwechslung. ‚Gewohnheit' scheint sehr nah bei ‚gewöhnlich' zu liegen, ‚gewöhnlich' kann ‚normalerweise' oder auch ‚ordinär' meinen. So kompliziert will ich es heute aber gar nicht machen. Es geht schlicht um Gewohnheiten und Angewohnheiten, die wohl jeder von uns hat. Mir fallen da gleich drei bis vier von jeder Sorte ein, die ich hier jedoch lieber nicht verbreiten möchte. Wenn ich so darüber nachdenke, sind Angewohnheiten meist negativ gekoppelt. Was für eine eklige Angewohnheit, vor jedem Umblättern der Zeitschriftseiten den Zeigefinger anzulecken. Fragt sich der Lecker, wer das Magazin vor ihm in Händen hatte oder wer sie nach ihm liest? Eine nicht ganz ungefährliche Angewohnheit! – Eine Freundin hat die Gewohnheit, morgens, unabhängig vom Wetter, pünktlich um 8:00 Uhr zum Bäcker aufzubrechen. Gewöhnlich ist sie um 8:20 Uhr zurück. Das ist sehr verlässlich, man könnte die Uhr danach stellen. Auch die Zeitumstellung bringt sie dabei nicht aus dem Tritt. –. Meine Kollegin hat die Gewohnheit, jeden Tag pünktlich um 18:00 Uhr eine Quizshow im TV zu sehen, weshalb man sie dann besser nicht anruft. Genau wie mein Mann die späte Diskussionsrunde im ZDF oder die „Rosenheim Cops" um 16:15 Uhr nicht missen möchte. Was man also aus freier Entscheidung regelmäßig tut, ist eine Gewohnheit. Eine Angewohnheit ist eine Gewohnheit, die man sich besser wieder abgewöhnen sollte! Zwei Beispiele: Wenn sie sich, sobald sie beim Fernsehen, im Theater oder Kino still sitzt, mit der linken Hand ihren Kopf kratzt, ist das ziemlich fragwürdig. In diese Abteilung gehört auch die Angewohnheit einer Kassiererin im Supermarkt, sich permanent die Lippen zu lecken. Ihr Mund ist schon feuerrot, was sie offenbar nicht hindert, weiter zu lecken. Mancher Tick dieser Art sollte vielleicht medizinisch geklärt werden.– Angewohnheiten können sich temporär nicht nur auf den Körper, sondern sogar auf unsere Sprache auswirken.

‚Äh', der klassische Satzfüller, soll Zeit schinden zum Überlegen. – Momentan haben tatsächlich viele Menschen das Wort „tatsächlich" in ihre Rede aufgenommen und benutzen es inflationär an den unmöglichsten Stellen. „Tatsächlich wohne ich in der x-Straße." – Auch nicht schön, wenn Bekenntnisse zur Gewohnheit werden und nicht mehr von Herzen kommen. – Wenn man etwas gewohnt ist, geht man davon aus, dass sich das auch nicht ändert. Sollte durch irgendeinen Umstand doch ein Knüppel zwischen die Speichen geraten und das Gewohnte unterbrochen werden, wirft das so manchen aus der Bahn. Er verliert den Halt, den die Gewohnheit bietet. –

Die Änderung mancher Gewohnheit kann das ganze Leben revolutionieren. „Seit wir Rentner sind, haben wir vieles geändert. Auch unser Sexualleben. – Ich schlafe jetzt auf der rechten Seite."

Ich bin eine von den Guten!

Leider hatte sie ihr Portemonnaie in der anderen Tasche vergessen, so dass sie im Club anschreiben lassen musste. Aber nun ist sie auf dem Heimweg vom Sport und bester Laune.
Abba dröhnt aus dem Radio. Textsicher singt sie laut mit. Außerdem findet sie ihre neue Mütze total schick. Sie fährt einen „zügigen" Stil, ja, das trifft es wohl.. Jetzt biegt sie von der Autobahn ab und fädelt sich in den fließenden Verkehr ein – schwupp und hinein, wenn man ein schnelles Auto hat, passt das immer. Irgendwie kommt es ihr jedoch komisch vor, dass auf dem Polizeifahrzeug, das plötzlich hinter ihr ist, das Signal >Polizei – Stopp!< blinkt. Hier ist doch gar nichts los. Was das wohl soll? Sie biegt um die Ecke und fährt dem Postamt entgegen, wo sie ein Paket abholen will. Merkwürdig findet sie, dass das Polizeiauto ihr weiterhin folgt >Polizei – Stopp!< . Sie kann ja nicht gemeint sein.. Da drüben ist die neue Wache, da wollen die wahrscheinlich hin. Sie biegt auf den Parkplatz

vor der Apotheke ein. Der Polizeiwagen hält neben ihr. Einer der Beamten steigt aus und stellt sich neben ihr Auto. Er macht ihr Zeichen, die Scheibe runter zu drehen. – Was ist denn los? fragt sie völlig arglos. – Was los ist? Haben Sie nicht bemerkt, dass wir Sie angeblinkt haben? Und das schon seit geraumer Zeit? Ja, schon, aber ich habe ja ich nichts falsch gemacht! – Sie betrunken? Fragt er und hält ihr gleich das Alkoholtestrährchen hin. Bitte kräftig blasen, .– Erlauben Sie mal! Wehrt sie sich, bläst dann aber doch.. Danke. Das Röhrchen zeigt 0,0 an. Weshalb das alles? will sie wissen.– Sie haben eine Ordnungswidrigkeit begangen. – Sie: Häh? Was ? – Sie haben beim Auffahren einem anderen Fahrzeug die Vorfahrt genommen. – Das kann gar nicht sein, sagt sie. Da gilt ja die Einfädelregel und genau das hab ich gemacht. – Nein, dort gilt die Vorfahrtregel. – Ja, aber ich habe keinen behindert oder so was, erklärt sie. Ich bin eine zügige und gute Fahrerin. – Der andere Fahrer musste bremsen, weil Sie einfach eingebogen sind, – Ach, wie oft muss man bremsen heutzutage! findet sie. Dann verlangt er ihre Papiere. – Da haben wir nun ein Problem, sagt sie und erklärt die Sache mit den Handtaschen und dass sie schon auf Kredit.. –Na, Ihre Adresse bekomme ich auch über das Kennzeichen, sagt er. – Das können Sie einfacher haben, denn die steht hier auf dem DHL Abholschein. – Wir werden uns beraten, sagt er und steigt in das Polizeifahrzeug. Sie wirft den Motor an und fährt los. Schnell haben sie sie eingeholt. Halt! Wohin wollen Sie? – Na, ich denke wir sind hier fertig?! – Mitnichten! – Sehen Sie, Herr Oberwachtmeister, ich bin doch eine von den Guten. Außerdem war so tolle Musik im Radio und ich habe heute meine neue Mütze auf. Können Sie das hier nicht einfach vergessen? – Schmunzelnd zieht er sich mit seinem Kollegen zurück. Ok, sagt er dann, nehmen Sie das Gespräch als Verwarnung und fahren Sie weiter. Er lacht: Aber vergessen werden wir das hier bestimmt nicht!- Schicke Mütze übrigens.

Liebe Leser,

sollten Ihnen Themen am Herzen liegen, die Sie hier vermissen, aber gern bearbeitet sähen, bitte ich dringend um Ihre Anregungen. (k.brose@gmx.net)